Karl Köhn

Die Gedichte des wilden Mannes und Wernhers vom Niederrhein

Mit Einleitungen und Anmerkungen

Karl Köhn

Die Gedichte des wilden Mannes und Wernhers vom Niederrhein

Mit Einleitungen und Anmerkungen

ISBN/EAN: 9783743468498

Hergestellt in Europa, USA, Kanada, Australien, Japan

Cover: Foto ©Andreas Hilbeck / pixelio.de

Weitere Bücher finden Sie auf **www.hansebooks.com**

SCHRIFTEN

ZUR

GERMANISCHEN PHILOLOGIE

HERAUSGEGEBEN

VON

DR. MAX ROEDIGER

A. O. PROFESSOR AN DER UNIVERSITÄT BERLIN.

SECHSTES HEFT:

DER WILDE MANN UND WERNHER VOM NIEDERRHEIN

HERAUSGEGEBEN

VON

KARL KÖHN.

BERLIN
WEIDMANNSCHE BUCHHANDLUNG
1891.

DIE GEDICHTE

DES

WILDEN MANNES

UND

WERNHERS VOM NIEDERRHEIN

MIT

EINLEITUNG UND ANMERKUNGEN

HERAUSGEGEBEN

VON

KARL KÖHN.

BERLIN
WEIDMANNSCHE BUCHHANDLUNG
1891.

Vorwort.

Im Jahre 1839 gab W. Grimm zuerst die folgenden Gedichte des Wilden Mannes und des Pfaffen Wernhers unter dem Titel 'Wernher vom Niederrhein' in diplomatischem Abdruck der einzigen Hs. heraus. Aber obwol seitdem ein halbes Jahrhundert hindurch namhafte Gelehrte ihre Bemühungen einem Texte zugewandt haben, von dem Franz Pfeiffer behaupten durfte, dass in ihm 'keine einzige Zeile fehlerfrei' sei, so war doch bisher weder eine gründliche grammatische, noch befriedigende textkritische Untersuchung im Zusammenhang angestellt worden, auch nicht durch Sprenger. Jene Lücke auszufüllen, war daher eine dankenswerte Aufgabe, und so unterzog ich mich ihr auf Anregung meines hochverehrten Lehrers, des Herrn Prof. Dr. Roediger in Berlin. Nicht alles vermochte zwar trotz der gütigen Unterstützung des genannten Herrn, dem ich dafür auch an dieser Stelle noch einmal meinen herzlichsten Dank ausspreche, endgültig festgestellt zu werden; dennoch wird hoffentlich dem dringendsten wissenschaftlichen Bedürfniss Genüge getan sein. Einleitung und Anmerkungen beschränken sich, damit ihr Umfang nicht zu dem des Textes in ein Missverhältniss trete, auf das Notwendigste.

K. K.

Inhalt.

	Seite
EINLEITUNG.	
I. Die Handschrift	VII
II. Mundartenmischung	X
III. Reim- und Verskunst	XVIII
IV. Inhalt und Quellen	XXVIII
V. Stilbetrachtung	XXXII
VI. Die Persönlichkeit des Wilden Mannes	XXXV
VII. Zum Text	XXXVII
TEXT.	
Der Wilde Mann.	
1. Veronica	1
2. Vespasianus	23
3. Van der girheit	33
4. Christliche Lehre	47
Der Pfaffe Wernher.	
Di vier schiven	55
ANMERKUNGEN	78
BERICHTIGUNGEN	90

Einleitung.

I. Die Handschrift.

Die einzige Hs., in welcher uns die vorliegenden Gedichte überliefert sind, befindet sich jetzt auf der kgl. Bibliothek zu Hannover und trägt die Bezeichnung codex I 81. Sie ist eine Pergament-Hs. des XIII. Jhs., klein 8⁰, 142 × 88 mm grofs, liniiert und zwar von Blatt 1—93 mit je 24, von 94—137ᵃ je 20 Linien auf der Seite, sodass der beschriebene Raum 108 × 63 mm einnimmt; der Abstand der Zeilen von einander beträgt 5,5 bez. 4,5 mm. Den Inhalt der Hs. bilden

1) Bl. 1—93ᵇ Lieder zum Lobe der Jungfrau Maria, gedruckt von W. Grimm in Haupts Zs. X 1—133. Sie gehören örtlich ins Ahrtal, zeitlich ins Ende des XII. Jhs., vgl. Nörrenberg Beitr. IX 412 ff. Dieser Teil ist von zwei Händen geschrieben, und zwar von A Bl. 1—80, von B Bl. 81—93. Mehr Hände zu erkennen, wie W. Grimm aaO. will, ist nicht möglich;

2) Bl. 94ᵃ—133ᵃ Mitte die Gedichte des Wilden Mannes und Wernhers;

3) Bl. 133ᵃ Mitte —134ᵃ ein Prosasegen, veröffentlicht von W. Grimm in den Altdeutschen Blättern von Haupt und Hoffmann II 1 f.;

4) Bl. 134ᵇ—137ᵃ 'Unsir vrowen clage', gedruckt von W. Grimm in Haupts Zs. I 34—38 und kritisch herausgegeben von Schade, Geistliche Gedichte des XIV. und XV. Jhs. vom Niederrhein S. 208 ff.;

5) Bl. 137ᵃ—137ᵇ die gereimte Nachschrift des Schreibers, mitgeteilt von W. Grimm in seiner Ausgabe des WvN. Vorrede s. IV—VI. Bl. 94 bis Ende sind von einer dritten Hand geschrieben.

VIII Einleitung.

Für die vorliegende Ausgabe ist die Hs., welche mir durch Vermittelung der kgl. Bibliothek zu Berlin dorthin gesandt wurde, neu von mir verglichen worden. Beiden Instituten meinen besten Dank für ihre bereitwillige Unterstützung.
Ich gebe hier noch einmal den nicht unwichtigen Epilog des Schreibers. Er beginnt auf Bl. 134ᵃ mit den rot geschriebenen Worten dissis buchis ist ende; *darauf folgt*

  Di bůch, di hi gischriven sint
  mit truwen unde mit eren,
  dat het gitan ein iungilinc,
  den ruwit also sere
5 swas he thorheit i biginc
  unde swar an sin herze hinc;
  des wil he huden mere.
  umbe èin kleniz dingilin
  so het he herzeswere.
10 mochte dat ůRholin sin
  undi nit uffinbere,
  so wolde he alle sine dat
  undi einin vrunt, den he hat,
  zu godis guden kere.
15 swer dit bůch sule lesen,
  min vrunt wille he immer wesen
  undi wunschi, dat ich ane rům
  levin muzse unde důn
  noch der vedere lere.
20 Swer min nit gidenke,
  virtrinken undi | virsenchen   (137b)
  můzse he sich, dat wille got,
  darzu si he der werlde spot
  undi inmugi nit inwenken,

---

1 Di] D *rot* *2* truwen] truwin *G. Lies* ère *G* *5* i. *6* si] sin *G* *8* kleniz] kleiniz *G* *9* herze swere* *13* den hat] den he hat *G* *15* swer] Swer, S *nicht rot Hs, rot G* *19* noch] nach *G* *20* Swer] S *rot G* *23* zu] zů *G*

I. Die Handschrift.   IX

25 hene muzse sich an einin uiden henken!
di dit buch schrivin gert,
di is geheizzen Bele.
allir eren is si wert,
zo himile muzsi ir sele
30 gischrivin undi irwelit sin.
dat helfhir unsir trechtin! A.MEN.

Von den folgenden zwei rot geschriebenen Zeilen lautet die erste
di dit buch het giscriven, di ist
Von der zweiten las W. Grimm noch
g . . .
Jetzt ist auch dieses verschwunden und auf der zweiten Hälfte der Zeile befindet sich der Bibliotheksstempel. Die nächsten drei Zeilen sind, wie schon W. Grimm bemerkt, ausgekratzt, dann folgt nochmals eine Nachschrift. Nach W. Grimms Vorgange bezeichne auch ich das, was sich abgeschabt hat oder nicht ganz deutlich ist (dessen heute mehr ist als vor fünfzig Jahren) durch kleineren Druck:

Durch unsir vrowen minne,
35 der suzs_{ir} koninginne,
di mudir undi magit ist,
des wir alle sin guuis,
So het giscriwen Henrich dit Bůch,
want hi ane stet gnůch
40 des v zur sele mac givrůmen.
Zu rechtir strazin muzsi wir kůmen,
Di da leidit in dat paradis,
want hi niman ist so wis,
di hi lange mugi bistan,
45 So riche noc so wal gitan,
He ne muse ave hinne warin.
got muzse unsich hi also biwarin,
alse wir gisceiden hinne,

---

einin   ein w
25 an uiden] an uiden G 26 schriven det] gert G 27 Bele] B rot Hs
34 Durch] D nicht rot Hs, D rot G 41 Zu] Zů G 42 Di] Di G 46 muse ave] muse . re G 47 biwarin] biwarn G

dat wir ha**vin** minne
50 zu unsir livin **vrowin**,
Di wir ewilichę muzsin scowin!
AMEN.

Über die V. 27 erwähnte Frau Bele liefs sich Näheres nicht ermitteln. Der Schreiber unserer Hs. aber erweist sich als dem südlichen Mittelfranken angehörig, ihm also können die schlimmen Textverderbnisse nur insofern zum Teil angerechnet werden, als er offenbar eine sehr unleserliche Vorlage abschrieb, während er seine Arbeit auf das sorgfältigste und sauberste auszuführen sich bemühte. Alle Versuche aber, diese Vorlage aufzufinden, sind bis jetzt erfolglos geblieben, da auch die Bemerkung auf dem unteren Rande von Blatt 1ª der Hs.

lib^s dom⁰ stē Barba^{s}e ī Colō ord. Carthȳ.
dc laudib⁰ btē male v^{s}gl. † lv

nicht weiter führte. Denn zunächst wurde das erwähnte Kartäuserkloster erst 1334 gestiftet, sodann aber befindet sich, wie Herr Prof. Dr. Höhlbaum die Freundlichkeit hatte mir auf meine Anfrage mitzuteilen, auf dem städtischen Archive zu Köln, wohin wenigstens ein grofser Teil der Bücherei jenes Klosters gekommen ist, keine Spur von einer solchen Hs. Unter diesen Umständen muss alles den Gedichten selbst entnommen werden. Wir gehen daher nunmehr zu einer gedrängten Übersicht über die Mundartenmischung in den Gedichten des Wilden Mannes und des Pfaffen Wernher, zu einer kurzen Darstellung ihrer Reim- und Verskunst, zu einer Skizzierung ihrer mutmafslichen Quellen, ihres eigenen Stiles und ihrer persönlichen Verhältnisse über.

II. Mundartenmischung.

Weder die vier ersten Gedichte des Wilden Mannes noch das fünfte des Pfaffen Wernher sind in einer einheitlichen Mundart abgefasst. Es ist dabei eigentümlich, dass beiden Dichtern genau dieselbe ursprüngliche Heimat, das Grenzgebiet des nördlichen Mittelfrankens gegen Niederfranken, und genau dieselbe Mundartenmischung zwischen nord- und südmittelfränkischen Elementen

---
49 ha**vin**] hauin G   50 unsir livin] unzsir liuin G

zuerkannt werden muss. Ihre Gedichte wurden dann zu der Vorlage der hannöverschen Hs. von einem rheinfränkischen Schreiber vereinigt, dessen Heimat bei Worms gelegen gewesen zu sein scheint. Diese Abschrift geschah mundartlich und textlich unglaublich unsorgfältig, und vermutlich war seine Schrift auch dem entsprechend. Aus dieser Vorlage gieng die saubere hannöversche Hs. hervor, von der Hand eines südmittelfränkischen Schreibers herrührend, welcher mit so peinlicher Sorgfalt seine Abschrift anfertigte, dass er sogar die gröbsten Reimstörungen, wie dat: gesat zu daz: gesatzt, obwol sie seiner Mundart widersprachen, überlieferte. Nur am Schlusse einzelner Gedichte ergieng er sich in gereimten Nachschriften. Ich stelle nunmehr alle die Merkmale zusammen, welche für die Bestimmung der Mundarten des Wilden Mannes, den ich mit WM., und Wernhers, den ich mit W. bezeichnen will, von Wichtigkeit sind, im Anschluss an sie auch die des rhfrk. Schreibers. Ich bediene mich dabei des Schemas von Busch in Zachers Zs. X, dessen Untersuchungen über die Mundarten des mfrk. Legendars einen überaus merkwürdigen Präcedenzfall zu den meinigen bieten.

Es sprechen von den mundartlichen Erscheinungen, die den Dichtern zukommen,

I. *für Nfrk. und höchstens noch das Grenzgebiet des Nordmfrk. gegen Nfrk.*

1) der Gebrauch von mit statt bit, welches nur 6mal WM. I 616. III 166. 242. IV 201. W. V 295. 602 überliefert ist und dem Schreiber gehört. Demnach wäre die Heimat von WM. und W. westl. und nördl. von Köln.

2) unverschobenes k zwischen Vocalen, bei WM. wůkire III 91. ewiclike IV 216, bei W. wunniclike V 142. innicliker V 674 (? wol nur Schreibfehler).

3) die mehrfache Endungslosigkeit des Adj. im N. Sg. M. N., zB. de heilich engil WM. III 1 und W.

4) die Form sechte = mhd. sagete, schte : dethin *(lies dethe)* WM. I 491. sichte : rechte IV 63 *(neben sathe, sagide)*.

5) die Form ubpin = mhd. offen W. V 498.

6) die Verbindung si hadde giwesen W. V 209.

7) die aus dem hslichen ir selvis kindis herzustellende Form

iris s. k. *W. V 260 (da* ir *bei WM. und W. immer flectiert sein muss).*

II. **für Nfrk., Grenzgebiet und Nmfrk.**

1) *die vollständige Durchführung des Umlautes von* a.

2) *die Lautverschiebungsstufe des* p *als* p- pp mp lp rp -f, *aber* up, *denn der für* rf *bei WM. scheinbar beweisende Reim I 645* irstarf: warf *ist dem Schreiber zuzuschieben und der ursprüngliche* vorte *(metus):* porten *leicht durch Umstellung zu gewinnen.*

3) *die Bindungen* ft : cht *(jedoch nicht die Schreibung) WM. I 5. 299. 347. II 43. III 103. IV 59. W. V 199. 561, dazu WM.* vorte : porten *I 645.* bidorthen : vorthen *(timuerunt) II 167. W.* porte : bidorte *V 251.* giburt : durt *V 79 (=* durft, *Hauptwort).*

4) *das Verhältniss der Schreibungen von* cht *zu* th *und* t:

	I	II	III	IV	V
cht	25	16	10	9	36
ht	2	—	—	—	—
th	20	7	9	4	19
t	3	—	9	—	3
rth	4	2	—	—	3
rt	—	1	1	—	1

$$\text{I} \begin{cases} \text{cht (ht)} & 27 \\ \text{th} & 24 \\ \text{t} & 21 \end{cases} = \begin{cases} 27 \\ 45 \end{cases} = \begin{cases} 32 \\ 68 \end{cases} \%$$

$$\text{II} \begin{cases} \text{cht} & 16 \\ \text{th} & 9 \\ \text{t} & 4 \end{cases} = \begin{cases} 16 \\ 13 \end{cases} = \begin{cases} 55 \\ 45 \end{cases} \%$$

$$\text{III} \begin{cases} \text{cht} & 11 \\ \text{th} & 9 \\ \text{t} & 22 \end{cases} = \begin{cases} 11 \\ 31 \end{cases} = \begin{cases} 26 \\ 74 \end{cases} \%$$

$$\text{IV} \begin{cases} \text{cht} & 9 \\ \text{th} & 5 \\ \text{t} & 5 \end{cases} = \begin{cases} 9 \\ 10 \end{cases} = \begin{cases} 47 \\ 53 \end{cases} \%$$

II. Mundartenmischung.

$$V \begin{cases} \text{cht } 36 \\ \text{th } 22 \\ \text{t } 31 \end{cases} = \begin{cases} 36 \\ 53 \end{cases} = \begin{cases} 40 \\ 60 \end{cases} \%$$

Dieses Verhältniss weist auf das Grenzgebiet hin.
5) *unverschobenes* rd; *bei W.* giburde *(D. Sg.)* : wurde *V 117.*
zirde : virde *V 137.*
6) *der alleinige Gebrauch von* hê *für* er *bei WM. und W.*

III. für engeres Nmfrk. im Gegensatz zu Nfrk. und Smfrk.
a) *für den ganzen Bereich des Nmfrk.*
1) 2. *Sg.* du wolt = obd. wilt, *WM. im Reim auf* holt *I 101.*
auf golt *II 51, aufser Reim I 267. 275. II 184.*
2) *die Form* zvâ *als N. Pl. F. WM. I 449. A. Pl. F. I 431. II 223.*
3) *der Reim* stcit : dit *(populus) W. V 329.*

b) *nur für gewisse Teile des Nmfrk.*
α) *für das höhere Nmfrk.*
Hierhin scheint das Verhältniss von ei zu seiner Monophthongierung ê zu weisen. Dem Schreiber war der Diphthong geläufiger, vgl. zu *IV 151*. Dieses Verhältniss ist:

I   111 ei : 17 e : 87 : 13 %, *aufser beweisendem Reim* 105 ei : 17 e : 86 : 14 %
II   58 ei : 0 e : 100 : 0 %   „   „   „   58 ei : 0 e : 100 : 0 %
III 68 ei : 19 e : 78 : 22 %   „   „   „   60 ei : 19 e : 76 : 24 %
IV   69 ei : 13 e : 84 : 16 %   „   „   „   64 ei : 12 e : 84 : 16 %
V 120 ei : 28 e : 81 : 19 %   „   „   „ 118 ei : 28 e : 81 : 19 %

Die vielfachen Reime bei *WM.* wie bei *W.* beweisen hier für ei.
2) *das Verhältniss von germ.* d *im Auslaut* = *mhd.* t *zu den Schreibungen* d th t:

	I	II	III	IV	V
d	9	—	7	5	12
th	13	8	7	4	8

β) *für das südlichere Nmfrk.*
1) *das Verhältniss der gegenseitigen Vertretungen von stammhaftem* o *und* u, *zeitlich dem Ende des XII. Jhs. angehörig:*

u *für gemeinmhd.* o,   rein   *WM.* 28, *W.* 19 = 47 } = 76
„ „   „   „ Schreibg. ů   „   21, „   8 = 29 }
o „   „   u   rein   „   23, „ 12 = 35 } = 60
„ „   „   „ Schreibg. ů   „   17, „   8 = 25 }

Einleitung.

2) *das Fehlen jedes Reimes und Reimversuches zwischen Worten wie* trûwe *und* vrowe.

3) *das wenig entwickelte nachschlagende* i, *welches nur steht in WM. I 7, II 2, III 3, IV 2, bei W. 9mal.*

4) *das Verhältniss von* ou *zu seiner Monophthongierung* ô:

WM.	I 37 ou	: 14 ô	= 73 : 27 %						
„	II 19 „	: 8 „	= 70 : 30 %,	*aufser Reim* 20 ou : 7 ô = 74 : 26 %					
„	III 12 „	: 1 „	= 92 : 8 %						
„	IV 5 „	: 2 „	= 71 : 29 %						
W.	V 32 „	: 4 „	= 89 : 11 %,	„ „ 34 ou : 2 ô = 94 : 6 %.					

5) *einige* ô *für mhd.* uo, üe *bei WM. in III:* wôchir *138. 146. 227. 326.* wôcherdestu *364.* wôchirdich *351.* bidrôvit : giôvit *(Hs.* girovit, *mhd.* betrüebet : gettebet*) 399, aufserdem nur noch W.* vlôche *D. Sg. V 168.*

6) *das Verhältniss der Schreibungen* g *und* ch *im Auslaut für mhd.* c. ch *wird durch viele beweisende Reime als das übliche erwiesen, aufserdem finden sich nur 7* g *bei WM. und 4* g *bei W.*

7) *die im allgemeinen dahin geregelte Schreibung, dass im Anlaute vor Vocalen fast ausnahmslos* k, *vor* l *und* r *meist* c, *vor* n *aber nur* k *steht.*

III. *für Mfrk.* überhaupt, im Gegensatze zu den südlicheren, nicht aber zu den nördlicheren Mundarten

1) *die Bindungen* i : u *WM.* virsvinden : sunden *D. Pl. I 141.* kunden *(potuerunt):* vinden *II 127.* irvullin : willin *A. Sg. IV 93.*

2) v = *mhd.* b *zwischen Vocalen,* f = *mhd.* p *im Auslaut.*

3) *die Bindungen* v : g, *welche mfrk. bis Ende des XII. Jhs. beliebt waren. W.* bigravin : dragin *V 305.* live : arzidîge *V 325.*

4) *unverschobenes* d *im Anlaut und Inlaut zwischen Vocalen, welches beiden Dichtern zukommt. Vgl. WM. I 535. II 164. 255. IV 3. W. V 378.*

5) *die teilweise durch Reim gesicherten Formen* dat wat satte gesat. *Vgl. WM. I 33. 96. 167. 243. 313. 448. III 7. IV 51. 77. 91. W. V 459. 633.*

6) *festes* i *im Zeitwort* willen.

IV. für engeres Smfrk. im Gegensatze zum Nmfrk. und Obd.

1) das Verhältniss von ie zu seiner Monophthongierung î:
I   15 ie : 66 î = 18,5 : 81,5 %, aufser Reim 13 : 68 = 17 : 83 %
II   5 „ : 28 „ = 15 : 85 %,   „   „   4 : 29 = 12 : 88 %
III 6 „ : 60 „ = 9 : 91 %,   „   „   3 : 63 = 5 : 95 %
IV   4 „ : 14 „ = 22 : 78 %,   „   „   2 : 16 = 11 : 89 %
V   17 „ : 78 „ = 18 : 82 %,   „   „ 16 : 79 = 17 : 83 %

2) der dem û sehr angenäherte Laut des germ. ô, mit Ausnahme von WM. III; vgl. III 5.

3) die Formen von gischîn = mhd. geschehen bei WM. und W. Als st. Pf. ausschliefslich gischach (beweisend WM. I 361. II 1. 79. III 143. IV 29. W. V 56), Part. Pf. sowol stark gischîn (beweisend WM. I 463. W. V 240. 443. 647) als schwach gischît (beweisend WM. I 42. III 42. 107. W. V 32). Vgl. Nörrenberg Beitr. IX 416.

VI. für mindestens Smfrk. im Gegensatze zum Nmfrk., aber hinüberleitend ins Obd.

1) das Verhältniss der gegenseitigen Vertretungen von stammhaftem e zu i, bis Anfang des XIII. Jhs. auch noch zum südlicheren Nmfrk. passend. e für älteres i steht WM. 27, W. 7mal, i für e WM. I 3, II 8, III 9 (10?), IV 5, W. V 19mal.

2) das Verhältniss von e zu i in den Endungen, Vor- und Ableitungssilben. In I etwa 55 % e gegen 45 % i; hier beträgt der Einfluss des rhfrk. Schreibers noch gegen 50 %. Von hier abnehmend bis W. V zu etwa 20 % e gegen 80 % i; hier beträgt die Einmischung des Schreibers nur wenige Procente.

3) der fast ausschliefsliche Gebrauch von und(e), woneben inde nur 3 (5?)mal erscheint.

4) die Formen kein dikein dichein, nie aber mit g bei WM. und W.

Für das Verfahren und die Heimat des rhfrk. Schreibers ist folgendes von Bedeutung. Er entstellte seine Vorlage rücksichtslos durch seine mundartlichen Formen, ist aber im Verlaufe seiner Abschrift beständig und bedeutend sorgfältiger geworden. In I beträgt seine Einwirkung noch bis zu 50 %, in *II* und *III* schon unter 10 %. *Mit IV begann er offenbar erst wider nach längerer Pause, deshalb zeigt sich hier von neuem meist ein höherer Procentsatz obd. Formen, als sonst zu erwarten wäre. V ist das verhältnissmäfsig am sorgfältigsten abgeschriebene Gedicht. Folgende Anhaltspunkte ergaben sich für die Bestimmung seiner Heimat.*

a) allgemein obd. Merkmale:

1) inlautend b *zwischen Vocalen weist ihn südlicher als Mainz,*
2) anlautend ph pf *in* phaffe pfaffe *WM. I 114. W. V 688 wenigstens ins Grenzgebiet zum Schwäbischen, dagegen*
3) anlautend t *für germ.* d *erst ins Südfrk., mit Ausschluss des Elsass.*
4) die Form zussen *WM. I 526. W. V 517 (gegen* tuschin *WM. II 157. W. V 231) ist erst tief südfrk.*
5) c *für auslautende gutt. Media : wenigstens südlicher als Mainz.*
6) 20 er *und 19* her *(neben 133* hê*) in WM. I (vgl. auch W. V 281. 491).*
7) ir selvis kindis, *oben S. XI f.*
8) unser *statt* unse.
9) o *für* a *in* wonen wole *: südlicher als Mainz.*
10) gienc *für* ginc.

b) mundartliche Merkmale:

1) bit *vereinzelt für* mit *: nicht südlicher als Worms.*
2) b *im Auslaut für mhd.* p *: rhfrk.*
3) die rhfrk. Verschiebung des p *zu* p- pp*?* (mp) lf rf -f (-b).
4) die Schreibung td *in Fällen wie* hatdi*. Rhfrk.?*
5) die Schreibung sch sc *im Anlaut vor Vocalen, namentlich aber das Schwanken zwischen* sch sc ss z *im Inlaut und Auslaut. Rhfrk.?*

c) negative Merkmale:

1) nie sc *in* sal sulen solde*. Daher kein Baier?*
2) nie volte *für das vorte der Gedichte. Daher nicht in das Gebiet gehörig, welches (nach Sievers, Oxforder Benedictinerregel s. X) von folgenden Linien begrenzt wird: nw. Westerburg zu nö. Marburg zu sö. Gemünden a/M. zu sw. Alzei.*

II. Mundartenmischung.

Die Frage, welche von den Mundarten bei beiden Dichtern wol die ursprüngliche war, ist leichter zu beantworten, als jene Mischung zu erklären. Immer unterliegt bei einem Zusammentreffen verschiedener Mundarten der Consonantismus der ursprünglichen viel langsamer als der Vocalismus: das Fleisch und Blut der Sprache kann sich beständig wandeln, ohne dass das Skelett die geringste Einwirkung zeigt. Daher werden wir in unserem Falle mit Recht die ursprüngliche Heimat sowol von WM. als von W. im Grenzgebiete des Nmfrk. gegen das Nfrk. zu suchen haben, dh. in dem Gebiete, welches von Mörs etwa bis München-Gladbach südlich hinabreicht. Ihre Gedichte aber können sie nicht ebendort oder auch nur in nmfrk. Gebiete niedergeschrieben haben. Dem widersprechen die vielen ausschliefslich smfrk. Elemente, welche gleichmäfsig durch sie verstreut sind. Vom Schreiber der hannov. Hs., welcher gleichfalls dem Smfrk. angehörte, können diese Einsprengungen nicht herrühren, da er ja mit peinlichster Sorgfalt abschrieb; den Dichtern aber können sie nur unter der Voraussetzung zukommen, dass sie zur Zeit der Niederschrift ihrer Gedichte sich schon seit längerem in Smfrk. aufhielten. Es ist dabei besonders zu beachten, dass sich bei beiden Dichtern sowol ausschliefslich nmfrk. als smfrk. Formen finden, letzteres aber nur, insofern es sich um eine einzelne lexikalische Erscheinung (Part. gischîn), nicht aber um Lautverschiebungen handelt. Dies ist aber nur verständlich durch die Annahme, dass das Nmfrk. die angeborene Mundart für beide Dichter war, das Smfrk. aber die, welcher sie sich anzupassen versuchten, deren Einfluss sie in gewissem Grade unterlagen. Es ist aber nicht wahrscheinlich, dass diese smfrk. Elemente nur aus smfrk. Vorlagen stammten. Denn aus prosaischen ist das Vorkommen eines streng smfrk. Reimes bei einem streng nmfrk. Dichter gar nicht, aus gereimten kaum sicherer zu erklären. Auch waren die Vorlagen, wenigstens für WM. III. IV. und W. V, höchst wahrscheinlich keine deutschen, sondern lateinische; kurz die Tatsache der Mundartenmischung lässt sich am besten bei der Annahme verstehen, dass beide Dichter nach längerem Aufenthalt in Smfrk. hier ihre Gedichte niederschrieben. Diese Übereinstimmung eines an sich nicht zu auffälligen Schicksals bei zwei

Dichtern, deren Werke in derselben Hs. überliefert sind, ist allerdings bemerkenswert, noch mehr aber der Umstand, dass auch für den ein gutes halbes Jahrhundert älteren Verfasser des mfrk. Legendars Busch (Zachers Zs. X 401 ff.) dieselbe Behauptung und Erklärung aufstellt. Daraus dass die Gedichte des WM. und W. zuerst von einem rhfrk., dann von einem smfrk. Schreiber abgeschrieben wurden, lässt sich vielleicht mutmafsen, dass diese Abschriften in smfrk. Dialekt gemacht worden sind, was unserer obigen Annahme günstig wäre.

Ebenso wenig wie hinsichtlich ihrer mundartlichen Verhältnisse lassen sich beide Dichter bei der Betrachtung ihrer Verskunst trennen.

III. Reim- und Verskunst.

Ich gebe zunächst eine Übersicht über die Reimgenauigkeit bei WM. und W., indem ich dabei von den Bindungen zwischen Vocallänge und -kürze, die auch anderen, hd. Dichtern bekannt sind, ferner von den mundartlich reinen Reimen ft : cht, endlich von den Reimen mit überragendem n der Flexion, die, wenn auch nicht überall zweifellos, so doch nicht selten sind (WM. I 11. II 4. III 6. IV 1. W. V 12), absehe. Ich lege die Einteilung Roedigers für den Trierer Aegidius (Zs. XXI 331 ff.) zu Grunde, wie sie auch Busch für das mfrk. Leg. benutzt. Ein Sternchen bei einem Reimworte bezeichnet, dass dieses ganz oder teilweise auf Vermutung beruht.

I. Klingender Ausgang.

Roediger Nr. 2 : reimendes e (i) *der Endung, Vocal der vorletzten Silbe ungleich, folgender Consonant gleich:*

WM. I gidêne : an zu sinne *433.* II anesûne : an zu sînne *12.* IV hôrit : kêrit *123.*

W. V sachin : gisprochin *111.* zvivil : dûvil *505.* vlizit : *slûzit *655.*

Roediger Nr. 3 : reimendes e (i) *der Endung, Vocal der vorletzten Silbe ungleich, die folgenden Consonanten gleich:*

WM. I virsvinden : sunden *141.* *dathe (Hs. dethe) : brethe *295.* II kunden : vinden *127.* III irstorvin : ervin *231.*

III. Reim- und Verskunst. XIX

W. V snelle : willin *(D. Sg.)* 49. geervit : stirvit 585. Kriste : neste 627. willen *(3. Pl.)* : hellen 651. denke : gidanke 87. gibunden : winden *(3. Pl.)* 219. wundir : andir 479.

Roediger Nr. 4: *reimendes* e (i) *der Endung, Vocal der vorletzten Silbe gleich, folgender Consonant ungleich:* nur *W. V* wizzen *(scire)* : bisitzin 113. gûzit : crûcit 355. arcidige : live 325.

Roediger Nr. 5: *reimendes* e *der Endung, Vocal der vorletzten Silbe gleich, der erste der folgenden Consonanten gleich: nur W. V* vunde : virwunne 163. minnit : svingit 631. minnen : dingen 645.

Roediger Nr. 7 : *erlaubter rührender Reim und tribrachischer : nur W. V* immir : nimmir 427. gingin : bigingin 551. sagine : wagine 39. 535. 577. 'widere : himile 573. widere : nidene 579.

II. *Stumpfer Ausgang.*

a) *graphisch einsilbig*

Roediger Nr. 2 : *Vocal ungleich, Consonant gleich :* nur *W. V* nest : list 601. steich : virzêch 317.

Roediger Nr. 3 : *Vocal gleich, Consonant ungleich: WM. I* du bis : list 231. 253. Abraám : slân 225. gên : Jerusalêm 501 = II 69. vrô : Syôn 307. 476. II gihêr : *hê 3. *W. V* judischaf : gischach 55. starch : bidarf 307. *is *(Hs.* ist) : Crist 61. : angist 425. sêr : *mê *(Hs.* mêr) 145. wâch : nâ *(Hs.* nâch) 451.

b) *graphisch zweisilbig*

Roediger Nr. 2:

nur *WM. I* dregit : widersagit 59.

Roediger Nr. 3:

nur *W. V* bigravin : dragin 305.

Dies ergibt also *WM. I* 10 = *3,3* %. II 4 = *3* %. *III 1* = *0,5* %. *IV 1* = *1* %. *W. V 28* = *8,1* %.

Von den anderen Bindungen verdienen eine besondere Erwähnung

1) die stumpfen, bei denen ein Endungs- e (i) mit einem

Stammvocale gebunden wird. Dies nur *WM.* I heilêris: du bis 97. brôdis: nôd *(Hs.* nôt*)* is *235.* gûdis *(G. Sg.):* is *509.*

2) *die stumpfen Ausgänge, bei denen die letzten beiden Hebungen, ohne eine Senkung zwischen sich zu haben, reimen. Hier noch einmal* brôdis : nôd is *WM. I 235. Ob auch* rât sî : radicati *W. V 15 und* angist : lang is *V 425?*

3) *die klingenden Reime, bei denen eine aus Kürze gedehnte Stammsilbe mit Endung gebunden wird mit einer von Natur oder durch Position langen Stammsilbe mit Endung. WM.* alli samin : âmen *I 659 (den ich jedoch lieber dem Schreiber zuweise).* lûwe *(Opt. Praet. von obd.* lîhen*, mundartl.* liuhen) : trûwe *I 521. II 129. (aber III 49 ist Buschs Lesung* gehêret : gineret *nicht berechtigt). W. V* grûvin : hûwin *(Opt. Praet. von* houwen*!) 303.* vile : *willen *(3. Pf.) 431? Schon der Dichter des mfrk. Leg. (Anfang des XII. Jhs.) hat Belege für solche Silbendehnung, gegen Ende des XII. Jhs. und namentlich im XIII Jh. ist sie besonders im nördlicheren Teile des Mfrk. sehr beliebt; vgl. die vielen Belege bei Braune über Veldeke Zachers Zs. IV 264 und Busch ebenda X 412; aus den Marienliedern des Ahrtales (Ende des XII Jhs.) bei etwa 2700 Reimparen* $17 = 0,6$ %*!*

Diese verschiedene Reimgenauigkeit, welche Pfeiffer seiner Zeit dazu benutzte, die Verschiedenheit des WM. von W. zu begründen — wie mir scheint, nicht schlagend genug —, gestattet uns wenigstens einen Schluss auf die Reihenfolge und die ungefähre Abfassungszeit der Gedichte. WM. und W. brauchen zeitlich nicht zu merklich getrennt zu sein: W. wird Ende der 60er oder Anfang der 70er, WM. etwa in der zweiten Hälfte der 70er Jahre des XII. Jhs. geschrieben haben. Die Reihenfolge der Gedichte W.s ist die der Hs., was sich auch aus stilistischen Gründen bestätigt.

Dem Versbau nach sind WM. und W. gleich frei, doch so, dass auch hier sich für WM. ein etwas jüngeres Datum ergibt, was sich aus dem geringeren Procentsatz der fehlenden Senkungen und dem der Bindungen zwischen Versen mit ungleich viel Hebungen schliefsen lässt. Auch bei WM. und W. ist das Mafs der Verse mit 4 Hebungen stumpf oder 3 Hebungen klingend natürlich das

III. Reim- und Verskunst.

überwiegende, daneben aber erscheinen Verse bis zu 6 Hebungen klingend öfter, ja WM. I 204 hat zum wenigsten noch 7 Hebungen klingend, während andererseits W. V 506 bis auf 2 Hebungen klingend hinabgeht, ohne dass in beiden Fällen eine Änderung nötig wäre. WM. und W. binden ferner unbedenklich Verse mit ganz verschiedener Zahl der Hebungen, wie folgende Tabelle zeigt, wobei ich W. V als das älteste Gedicht voran stelle.

	3 st: 4 st.	4 st: 5 st.	4 st. 6 st.	2 kl: 4 kl.	3 kl: 4 kl.	3 kl: 5 kl.	3 kl: 6 kl.	3 kl: 7 kl.	4 kl: 5 kl.	4 kl: 6 kl.	5 kl: 6 kl.	Summa
V	13	26	3	1	38	7	1	—	13	3	1	$106 = 30{,}6 \%$
I	1	29	1	—	11	—	—	1	1	—	—	$44 = 13{,}3 \%$
II	2	3	1	—	5	1	—	—	—	—	—	$12 = 8{,}0 \%$
III	—	11	2	—	17	2	—	—	5	—	—	$35 = 16{,}7 \%$
IV	3	12	2	—	4	—	—	—	1	—	—	$22 = 20 \%$

Wenn man auch über einige dieser Bindungen anderer Meinung sein kann, so bleiben doch noch genug übrig, um die Behauptung schon hier zu rechtfertigen, dass weder W. noch WM. einen auch nur einigermafsen strengen Kunstgrundsatz gehabt haben.

Den folgenden Tabellen über die inneren Eigentümlichkeiten ihrer Verse will ich noch einiges vorausschicken. Mehr als dreisilbigen Auftakt nehme ich nicht an. Ich rechne zum Auftakt alle Silben vor dem ersten logisch betonten Worte des Verses. Bei Feststellung der metrischen Regeln und Freiheiten habe ich vor allem jenes Vorurteil eines zu findenden strengen Schemas zu vermeiden gesucht, durch welches Amelung in Zachers Zs. III 253 ff. dem Versbau des Rother so wenig gerecht wird. In der Spalte 'metrisch regelmäfsige' Verse gebe ich die Zahl aller derer, welche ohne jede Anwendung der für die mhd. Zeit üblichen metrischen Hilfsmittel so gebaut sind, dass immer auf eine durch Natur einsilbige Hebung eine ebenso beschaffene Senkung folgt.

Aufser den Versen mit metrisch einsilbiger Senkung kommt

bei beiden Dichtern eine grofse Zahl mit metrisch zweisilbiger in Betracht. Über die Worte, welche in diesen beiden Silben stehen können, hat Amelung aaO. im ganzen zutreffende Aufstellungen gegeben. Es sind stäts nur solche wie Copula, Hilfszeitwort hân, Artikel beider Art, Fürwörter, Präpositionen und einige Adverbia, welche im Zusammenhange des Satzes ihren selbständigen Ton mehr oder weniger einbüfsen, nie jedoch solche, die besonderen Nachdruck haben, was A. nicht genügend beachtet, zB. úp stân wídirdûn vóllebrengen usw. Ferner kann ich A. nicht zugestehen, dass man sowol vor Vocal als auch vor einem Consonanten den Ableitungs- oder Endungsvocal e i eines metrisch zweisilbigen, in der Hebung stehenden Wortes vor einer Liquida unterdrücken dürfe und lesen hérzęn zu den statt hérzen zú den, súndęr in di statt súnder ín di · oder dúvịl allir, nímmęr volle —: ich halte in der mehrfachen Senkung nur die Unterdrückung solcher e i vor n für erlaubt, denen ein Vocal folgt, also in Fällen wie dí ́ndęn irme, hê ́rręn undi. Wegen des Näheren verweise ich auf Amelungs Aufsatz.

Eine Zusammenfassung der Procentsätze in den folgenden Tabellen schicke ich aus typographischen Gründen voraus.

Gedicht	Auftaktsilben				Fehlende Senkungen zwischen Hebung					Ohne metrische Hilfsmittel regelmäfsige Verse	Verse mit doppelter Senkung	Unreine Reime in %
	0	1	2	3	½	⅔	¾	⅘	Sa.			
W. V	21,0	53,2	22,3	2,5	6,5	15,5	5	0,9	28,2	39	32,1	8,1
WM. I	15	55,7	25,4	3,6	3,6	7	5,7	0,6	17,2	37,0	36,9	3,3
„ II	17,5	60	18,3	4,2	3,4	10	7	—	20,4	45,8	29	3
„ III	20,1	52,8	24,2	2,9	5,5	10,6	6,5	—	22,6	35,5	42,4	0,5
„ IV	21,8	44,5	29,0	3,8	3,8	7,6	4,7	0,5	16,6	46	38,1	1

III. Reim- und Verskunst.

Gedicht	Zahl der untersuchten Verse	Länge und Ausgang der Verse	Zahl derselben	In %	Auftaktsilben				Fehlende Senkungen zwischen Hebung						Ohne metrische Hilfsmittel regelmäßige Verse	Verse mit doppelter Senkung	Unreine Reime in %
					0	1	2	3	1/2	2/3	3/4	4/5	5/6	Sa.			
W. V	676	4 st.	268	39,0	85	122	52	9	17	81	18	—	—	116	102	97	8,1
	(nicht untersucht 12)	3 kl.	172 (*37)	25,4	31	93	44	4	10	12	—	—	—	22	80	52	
		4 kl.	137	20,3	15	89	30	3	9	9	14	1	—	32	48	21	
		5 kl.	28	4,1	2	17	9	—	4	2	—	1	—	6	6	15	
		6 kl.	5	0,7	1	3	1	—	•	—	—	—	—	1	—	2	
		3 st.	19 (*9)	2,8 (*1,3)	7	12	—	1	1	1	—	1	—	1	12	3	
		5 st.	42 (*2)	6,2	7	19	15	—	3	—	2	4	2	10	14	24	
		6 st.	5 (*1)	0,7	—	5	—	—	—	—	—	1	—	3	2	3	
			676		148	360	151	17	44	105	34	6	2	191	264	217	
				In %	21,9	53,2	22,3	2,5	6,5	15,5	5	0,9		28,2	39	32,1	

* Das Sternchen bezeichnet die Verse mit graphisch zweisilbigem Ausgange.

XXIV Einleitung.

Gedicht	Zahl der untersuchten Verse	Länge und Ausgang der Verse	Zahl derselben	In %	Auftaktsilben				Fehlende Senkungen zwischen Hebung						Ohne metrische Hilfsmittel regelmäßige Verse	Verse mit doppelter Senkung	Unreine Reime in %
					0	1	2	3	1/2	2/3	3/4	4/5	5/6	Sa.			
WM. I	641	4 st.	447	69,4	72	156	106	13	16	39	34	—	—	89	159	161	3,3
	(nicht untersucht 19)	3 kl.	(*25)	(*3,9)	15	65	38	7	4	5	—	—	—	9	65	41	
		4 kl.	127	19,8	6	17	9	—	1	1	—	—	—	3	13	17	
		5 kl.	32	5													
		6 kl.															
		3 st.	*1			1											
		5 st.	33 (*2)	5	3	18	9	3	2	—	2	4	—	8	7	17	
		6 st.	1				1		1					1		1	
	641			In %	96	357	163	23	24	45	37	4	—	110	243	237	
					15	55,7	25,4	3,6	3,7	7	5,7	0,6	—	17,2	37,9	36,9	

III. Reim- und Verskunst.

Gedicht	Zahl der untersuchten Verse	Länge und Ausgang der Verse	Zahl derselben	In %	Auftaktsilben 0	1	2	3	Fehlende Senkungen zwischen Hebung 1/2	2/3	3/4	4/5	Sa.	Ohne metrische Hilfsmittel regelmäßige Verse	Verse mit doppelter Senkung	Unreine Reime in %
WM. II	262 (nicht untersucht 4)	4 st.	178	63	33	107	31	7	4	25	18	—	47	77	49	3
			(*11)	(*4,2)												
		3 kl.	71	27	11	43	13	4	5	1	—	—	6	38	22	
		4 kl.	5	2	—	3	2	—	—	—	—	—	—	2	2	
		5 kl.	1	—	—	1	—	—	—	—	—	—	—	1	—	
		6 kl.	—	—	—	—	—	—	—	—	—	—	—	—	—	
		3 st.	1	—	1	—	—	—	—	—	—	1	1	1	—	
		5 st.	5	1,8	1	3	1	—	—	—	—	—	—	—	3	
		6 st.	1	—	—	—	1	—	—	—	—	—	—	1	—	
			262	In %	46	157	48	11	9	26	18	1	54	120	76	
					17,5	60	18,3	4,2	3,4	10	7	—	20,6	45,8	29	

XXVI Einleitung.

Gedicht	Zahl der untersuchten Verse	Länge und Ausgang der Verse	Zahl derselben	In %	Auftaktsilben 0	Auftaktsilben 1	Auftaktsilben 2	Auftaktsilben 3	Fehlende Senkungen zwischen Hebung 1/2	2/3	3/4	4/5	Sa.	Ohne metrische Hilfsmittel regelmäßige Verse	Verse mit doppelter Senkung	Unreine Reime in %
WM. III	413 (nicht untersucht 7)	4 st.	228 (*18)	54 (*4,3)	57	117	54	5	12	37	19	—	68	76	91	0,5
		3 kl.	97	23,5	14	48	33	2	6	2	—	—	8	48	34	
		4 kl.	61	14,7	5	36	16	4	4	5	2	—	11	16	33	
		5 kl.	10	2,4	—	6	4	—	—	—	3	—	3	2	5	
		6 kl.	—	—	—	—	—	—	—	—	—	—	—	—	—	
		3 st.	—	—	—	—	—	—	—	—	—	—	—	—	—	
		5 st.	20 (*3)	4,8 (*0,7)	6	10	3	1	1	—	1	1	3	4	11	
		6 st.	2 (*1)	0,5	1	1	—	—	—	—	—	—	—	1	1	
			413		83	218	100	12	23	44	25	1	93	147	175	
				In %	20,1	52,8	24,2	2,9	5,5	10,6	6,5	—	22,6	35,6	42,4	

III. Reim- und Verskunst.

Gedicht	Zahl der untersuchten Verse	Länge und Ausgang der Verse	Zahl derselben	In %	Auftaktsilben				Fehlende Senkungen zwischen Hebung					Ohne metrische Hilfsmittel regelmäßige Verse	Verse mit doppelter Senkung.	Unreine Reime in %
					0	1	2	3	1/2	2/3	3/4	4/5	Sa.			
WM. IV	211	4 st.	126	59,7	30	65	29	2	5	14	10	—	29	51	40	1
	(nicht untersucht 9)	3 kl.	47	22,3 (*2,8)	5	11	27	4	2	1	—	—	3	23	16	
		4 kl.	19 (*6)	9	5	12	2	—	1	1	—	—	2	12	4	
		5 kl.	1	0,5	—	—	1	—	—	—	—	—	—	1	—	
		6 kl.	—	—	—	—	—	—	—	—	—	—	—	—	—	
		3 st.	1	0,5	—	1	—	—	—	—	—	1	1	—	—	
		5 st.	15	7,1	5	5	4	1	—	—	—	—	—	8	5	
		6 st.	2	1	1	—	—	1	—	—	—	—	—	1	—	
	211		211	In %	46	94	63	8	8	16	10	1	35	97	65	
					21,8	44,5	29,9	3,8	3,8	7,6	4,7	0,5	16,6	46	38,1	

IV. Inhalt und Quellen.

Für keins der Gedichte hat bisher eine Quelle nachgewiesen werden können. Für III. IV. V scheinen lateinische Prosatractate verhältnissmäfsig jungen Datums, wie die Eigenart der Gedankenführung vermuten lässt, vorgelegen zu haben.

Über die verschiedenen Fassungen der Veronica-Vespasianuslegende hat nächst W. Grimm (Die Sage vom Ursprung der Christusbilder Kl. Schr. III 138—199) und Mafsmann in seiner Kaiserchronik III 573 ff. ausführlich Schönbach gehandelt (Anz. II 149—212). Aber auch er gelangte nur zu dem Ergebniss (S. 202), dass die Fassung beim WM., die er γ nennt, verhältnissmäfsig die meiste Ähnlichkeit mit einem altfranzösischen Prosastücke des XIII. Jhs., welches er S. 197 unter V bespricht, besitze, aber auch nur in dem Grade, dass für beide dieselbe Quelle zu Grunde liegen könne. K. Pierson, Die Fronica, Strafsburg 1887, kennt diese Darstellung und überhaupt den Schönbachschen Aufsatz nicht, erwähnt zwar S. 11 den WM., bietet uns aber nichts Förderliches.

An der Fassung und Darstellung beim WM. ist folgendes hervorzuheben:

1) die Frau heifst Veronica. Von ihren Lebensumständen erfahren wir nichts, nur ist aus I 179 zu schliefsen, dass sie in den bescheidensten Verhältnissen lebte. Erst II 69 wird als ihr Aufenthaltsort gelegentlich Jerusalem bezeichnet und II 248 wird sie einfach di widiwe genannt.

2) der Maler Lucas wird als eine ganz bekannte Person eingeführt (I 94). Der Dichter gibt über ihn nichts genaueres an, nicht einmal, ob er sich ihn mit dem Evangelisten Lucas als eine Person denkt.

3) die ausführliche Schilderung der Versuche des Lucas, Christi Bildniss zu malen.

4) Christi Besuch bei Veronica und der Abdruck seines Antlitzes auf ein Handtuch.

5) der kranke Kaiser ist Vespasianus; er leidet unheilbar an Wespen im Haupte; sein Sohn Titus ist bei ihm in Rom.

6) ein ungenannter Jude kommt aus unbekannten Gründen

nach Rom, rät *freiwillig* dem Kaiser zu dem Wunderarzt Jesus in Jerusalem und wird *freiwillig* Führer dahin, verschwindet dann aber gänzlich aus der Erzählung.

7) als Titus auf seine Nachfrage von den Leiden und dem Tode Christi erfährt, wird des Pilatus mit keiner Silbe gedacht und aller Zorn richtet sich nur gegen die Juden; desgleichen wird Pilatus in dem eingeschobenen Abschnitt I 400 nur ganz nebenher erwähnt.

8) das Gelübde des Titus, im Falle der Heilung seines Vaters durch das Tuch Christi Tod zu rächen.

9) Veronica fährt *freiwillig* mit nach Rom. Die Fahrt nach und von Jerusalem geht wol gleich schnell von statten (vil schîre II 67 für die Hinfahrt, schiere II 160 von der Rückfahrt).

10) die genaue Zahlangabe der Mannschaft des Vespasian (13332 Mann II 232).

11) die summarische Erzählung von der Belagerung und Einnahme Jerusalems. Der überaus kurze Hinweis II 242 auf die ursprünglich dem Josephus angehörige und seitdem weit verbreitete Geschichte von dem Entsetzen der Hungersnot, welche in dieser Fassung kaum noch als eine zusammengedrängte Beziehung auf einen besonderen und bekannten Fall gelten kann, sondern vielmehr als eine allgemeine Wendung zur Bezeichnung des grässlichsten erscheint. Eigentümlich ist der Zug II 254, dass man 30 Juden für ein Ei gibt.[1]

Unsere Fassung der Legende kennzeichnet sich also allen anderen gegenüber einerseits dadurch, dass die genauere Angabe wesentlicher Nebenumstände vermieden wird, anderseits dadurch, dass gerade Unwesentliches, wie der Name des Malers und die

---

[1] Diese Bemerkung steht im Widerspruche zu I 302, wonach man die gewöhnliche Überlieferung umbe einen penninc an obiger Stelle erwarten sollte. Vielleicht stand auch so, etwa abgekürzt, in der Vorlage, die vermutlich auch in der Schrift sehr verderbt war, und so verlas sich der letzte Schreiber zu seinem umbe ein bei. Solche Wendungen sind eigentlich nur in verneinten Sätzen zur Verstärkung der Verneinung gebräuchlich, sodass auch aus diesem Grunde ein Zweifel an der Richtigkeit der Lesart berechtigt ist; vgl. Gr. III 729 und Zingerle Wiener Sitzungsberichte XXXIX 414 ff.

Truppenzahl des Vespasian, genau angegeben wird. Es kann daher in der Tat keine der anderen bekannten Fassungen unmittelbar benutzt sein, ja es ist überhaupt höchst zweifelhaft, ob eine schriftliche unmittelbare Quelle für die Vorlage des WM. vorhanden gewesen ist.

Für die sehr ähnlichen Verhältnisse des mfrk. Legendars hat Busch wahrscheinlich zu machen gesucht, dass die teilweise Genauigkeit der Angaben und ihre teilweise Unbestimmtheit auf Niederschrift in Erinnerung an einen Vortrag und in Anlehnung an gelegentlich dabei gemachte Bemerkungen zurückzuführen sei. Für die Vorlage des WM. reicht zur Erklärung die Annahme einer blofsen Erinnerung an eine Quelle, die ja immerhin auch eine mündliche gewesen sein kann, aus.

Besondere Beachtung verdient die Zeitbestimmung II 1

ein wunder zu Rôme giscach

vor dûsunt zvein undi vierzich jâren undi ein dach

wobei dûsunt zwar in der Hs. nicht steht, vermutlich weil es in der Vorlage nur M geschrieben war, aber mit Recht schon von W. Grimm ergänzt ward. Der eine Tag ist jedenfalls nach bekannter Weise (RA. 207 ff., besonders 219) eine Zugabe ohne Bedeutung; die 1042 Jahre scheinen jedoch genau genommen werden zu müssen. Da nun die Heilung des Vespasian und die Zerstörung Jerusalems wenn nicht als in demselben Jahre geschehen, so doch als durch keinen erheblichen zeitlichen Zwischenraum getrennt angesehen wird, so würde jene Zahl uns auf das Jahr 1042 + 70 = 1112 führen. Diese Zeitbestimmung kann, wie schon W. Grimm bemerkte, natürlich nicht auf den WM. bezogen werden, sondern muss für seine Quelle gelten. Welcher Art aber war diese? Vielleicht gestattet der Reim gimartilôt : dôt II 211 darauf einen Schluss. Ein solcher Reim ist für den WM. undenkbar, da bei ihm schon alle vollen Endungsvocale ausnahmslos zu e und i herabgesunken sind. Der Reim muss daher der Quelle angehören und sie war demnach vermutlich ein deutsches Gedicht aus dem Jahre 1112! Seiner Mundart nach war es wol wenigstens md., wenn nicht mfrk., denn nunmehr liegt es nahe, auch die Bindungen heilêris : du bis I 97. gûdis : he is

I 509. brôdis : nôd is *I 235.* Syôn : vrô *I 307. 476 ihm zuzuweisen, da in III und IV, welche selbständig auf Grund von lateinischen Vorlagen versificiert scheinen, WM. sich solche Bindungen nicht gestattet. Ist dies richtig, so gehörte auch der verbindende Abschnitt I 197—648 schon dem alten Gedicht an und es lassen sich folgende Teile als vom WM. dazu gedichtet erkennen: I 1—62. WM. stellt sich als Dichter vor, Lobrede auf die Wundertaten des heiligen Geistes, der auch ihn entflamme. I 113—132 erläuternde Elemente, die zum Stil des alten Gedichtes nicht passen, I 648—660 (658?). II 75—82, welche II 71—74 noch einmal aufgeschwellt bringen. Endlich auch noch II 267—280? WM. tat vermutlich im übrigen weiter nichts, als dass er seine md. Vorlage in seine Mundart umsetzte.*

Über die Beschaffenheit der Quelle dieses alten Gedichtes lassen sich noch folgende Vermutungen aufstellen:

1) der verbindende Abschnitt I 197—648 fehlte, und die Veronicalegende hieng unmittelbar mit der Heilung des Vespasian und der Zerstörung von Jerusalem zusammen. Diese beiden Fassungen müssen von jeher auf einander bezogen gewesen sein, denn II 82 wird von Veronica als einer ganz bekannten Person gesprochen: dû redede man von dem wîve, *doch ist diese Stelle möglicher Weise erst vom WM. eingeschoben. Aber auch II 86 heifst es* di vrowin man vor in gvan *und mit II 124 ff. wird geradezu auf I 191 ff. verwiesen. Endlich sagt II 180 ganz unvermittelt* dû sprach vir Veronicâ. *Dagegen enthält II 72 f.* dû was der godis sun lange dôt undi up zu himile givarin *wol keine Beziehung auf den Christi Leiden und Tod erzählenden Abschnitt I 197 ff., denn dann müsten wir eine deutlichere Zurückweisung, die schon der Urvorlage zukäme, etwa in der Form* 'ut supra diximus' = *als wir vor* hân gisacht *erwarten. Dass diese nicht gegeben wird, erklärt sich eben aus dem Fehlen jenes Abschnittes in der Urvorlage.*

2) Die Urvorlage hatte die Veronica-Vespasianlegende schon vollständig von der des Pilatus abgelöst, gab also höchst wahrscheinlich nur eine Skizze der Tatsachen.

Wie für die Quelle des WM., so ist auch für die Entstehung seines eigenen Gedichtes ein spätester Zeitpunkt gegeben: er muss es noch vor 1184 vollendet haben. Denn 1183 wurde Jerusalem von Saladin den Christen wider entrissen, die Nachricht davon kam Ende November nach Deutschland (vgl. Röhricht in der Histor. Zs. XXXIV 3). Es ist aber undenkbar, dass ein solches Ereigniss, welches das Abendland in langdauernde, gewaltige Aufregung stürzte, so ganz spurlos an einem Gedichte vorübergegangen sein sollte, welches gerade die Eroberung Jerusalems zum Gegenstande hatte, wenn dieses Gedicht eben zu jener Zeit abgefasst wäre. Der ruhige Ton der Erzählung setzt vielmehr voraus, dass Jerusalem damals noch gesicherter Besitz in der Hand der Christen war.

Andererseits ist es nicht nötig, die sehr wahrscheinlich erst vom smfrk. Schreiber der hannov. Hs. herrührende Nachschrift, welche zur Bekehrung der Juden auffordert, auf einen bestimmten Zeitpunkt zu beziehen. Dafür ist sie zu allgemein und zu wenig heftig gehalten, denn eine besondere Gehässigkeit gegen dieses damals so geknechtete Volk erscheint nicht in ihr. Eine bestimmte Judenverfolgung, wie solche zB. anlässlich des Verlustes von Jerusalem im December 1187 wider ausbrach, obwol sie von Kaiser Friedrich mit Kraft unterdrückt wurde (vgl. Regesten zur Gesch. der Juden, Berlin 1889, S. 145), hätte einen schärferen Ausdruck veranlasst.

Für die Gedichte III und IV des WM. waren höchst wahrscheinlich lateinische Tractate die Quellen, ebenso für W. V. Über sie lässt sich nur etwa aufstellen; dass die Quelle für III wol erst mit V. 19 einsetzte und mit V. 412 schloss; V. 413—422 sind wol nur dem smfrk. Schreiber zu verdanken. WM. IV ist neben andern auch aus dem Grunde für jünger als III zu erachten, weil, wie schon W. Grimm sah, IV 136 f. *he leidit den difen burnen hô, dî von dem herzen zu den ougen geit sich auf das* III 392 ff. *zu Grunde liegende Bild bezieht.*

V. Stilbetrachtung.

Obwol weder für WM. noch für W. die Quellen vorliegen, lässt sich doch mit einem gewissen Recht insofern ein Bild ihres Stiles und damit ihrer dichterischen Persönlichkeit entwerfen, als WM.

und W. sich augenscheinlich aufs engste ihren Vorlagen anschlossen, die Stilelemente derselben also ihren eigenen Neigungen entsprachen. Höchste Einfachheit und Natürlichkeit der Sprache und des Satzbaues (möglichst viel Hauptsätze, durch zahlreiche unde angereiht, Vorliebe für zeitliche Anknüpfung durch alse, dû, Mangel an relativischen und bedingenden Nebensätzen), Streben nach gröster Deutlichkeit (äufserst häufiges Anknüpfen des Nachsatzes durch sô, namentlich nach zeitlichen Nebensätzen mit alse), mäfsiger Gebrauch der geläufigen Kunstmittel der Rede (besonders in den Wendungen an die Zuhörer, WM. III. IV [650 Verse] 7mal, W. V [690 Verse] 8mal) sind beiden Dichtern gemeinsam. Sie unterscheiden sich aber in bezeichnender Weise dadurch, dass der WM. seinen ganzen Nachdruck auf die streitbaren, W. den seinigen auf die lyrischen Elemente legt. Der WM. findet entschieden Gefallen an der von allen betrachtenden und schildernd verweilenden Bestandteilen freien, möglichst rasch und knapp entwickelnden Darstellung seiner Vorlage für die Veronica-Vespasianlegende. Sein mutmafslicher Einschub I 113—132 ist zwar eine Erläuterung, aber keineswegs ganz überflüssig, aufserdem befindet sich der WM. hier erst im Anfange seiner dichterischen Tätigkeit. Besonders aber muss seinem Sinne die Lebendigkeit der vielen, die Handlung in anregender Weise fortführenden Reden zugesagt haben: die eigentliche Legende besteht zum grösten Teil aus Reden, und das Selbstgespräch des Geizigen III 99 ff. wie das Zwiegespräch zwischen Vater und Sohn in der Hölle III 340 ff. beweisen seinen Geschmack dafür. Deshalb geht er auch höchst gern mit seiner Vorlage aus der indirecten schnell in die directe Rede über, vgl. I 98. 403. 476. Rednerische, mit Kunstbewustsein übernommene Mittel sind beim WM. nicht zu finden: Fragen, Ausrufe, Zwischenbemerkungen, Asyndeta und Polysyndeta, Anaphern und Tropen fehlen fast gänzlich: seine Lebhaftigkeit erfreute sich an dem Nachdruck der logischen Entwicklung und der Knappheit der Gedanken, beachtete aber die rednerische Einzelform wenig. Ein Ansatz zur Anapher findet sich nur ganz zufällig I 87.

Dies vor allem unterscheidet ihn von W., welcher mit grofser

Kunst das Lob Marias in dem Asyndeton V 253 ff. besingt und wirklich ausgezeichnet in den polysyndetischen Stellen V 203—216. 217—244 die unendliche Fülle der göttlichen Macht vor uns ausbreitet. Während ferner WM. sich immer streng an den Verlauf der Erzählung oder der Gedanken hält und jede geringste erweiternde Ausschmückung oder Abschweifung vermeidet (vgl. I 393. 432, Christi Auferstehung in einer Zeile I 443, ferner Veronicas Vorbereitungen für den Empfang Christi I 179, ihre Aufnahme in Rom II 162, die Belagerung von Jerusalem II 241 f., die Qualen in der Hölle III 367 f.), ist W. nicht gegen die umfangreiche Abschweifung V 326—373, nach welcher er 374 ausdrücklich den Faden des Vortrages wider aufnehmen muss. Endlich unterscheidet sich der WM. von W. höchst kennzeichnend durch sein Bedürfniss, in jedem seiner Gedichte subjectiv hervorzutreten, während W. nur ganz zum Schlusse V 688 sich kurz als Verfasser nennt. Sehr wichtig ist die Art, in welcher der WM. hervortritt. In I braucht er 62 Verse, um seinem Bedürfniss zu genügen, seine Persönlichkeit und die Veranlassung zu seinem Gedichte den Lesern ausführlich vorzustellen, offenbar weil die Legende sein erstes Werk war, wozu ja auch alle anderen Zeichen stimmen. In III 1—4. 161 ff. 292 ff. bedurfte es einer solchen Vorstellung augenscheinlich nicht mehr: er war schon bekannt geworden, und in IV nennt er sich V. 100 einfach als Verfasser. In diesem seinem spätesten Gedichte hat er ganz vergessen, was er in I gelobte V. 49 f.: des wil ich an in (den heiligen Geist) gesinnen, sô wan ich einir rede biginnen . . . dh. doch wol nicht blofs sein Vertrauen auf ihn setzen, sondern dies auch einleitend aussprechen, was er noch in III, wenn auch kurz tut. In III umfasst die dem WM. gehörige Einleitung noch 18 Zeilen (für welche er das von der sonstigen Behandlung ganz abweichend ausgeführte Bild III 15—17 von III 255 ff. entlehnte), zu IV fehlt sie ganz und der der Quelle entnommenen mangelt ein klarer Gedankengang. Im Innern der Gedichte haben jene subjectiven Einschiebungen, zu denen hier noch I 587—596 tritt, den Zweck, die Übereinstimmung des WM. mit dem vorgetragenen Gedanken seiner Vorlage ausdrücklich anzugeben. Aus dieser Art des Hervor-

tretens ist zu schliefsen, dass der WM. sonst auf das genaueste seiner Quelle gefolgt sei. Jenes Verfahren bei den Einleitungen aber nötigt uns vor allem, den WM. und W. als verschiedene Personen hinzustellen. Denn da I das erste Gedicht des WM. sein muss, W. V aber seiner erheblich gröfseren Reimfreiheit wegen notwendig vor I verfasst sein müste, was dem Einleitungsverfahren widerspricht, so ist der WM. ein anderer Dichter als W., so sehr sie sonst auch sprachlich und metrisch übereinstimmen.

VI. Die Persönlichkeit des Wilden Mannes.

An folgenden Stellen spricht der WM. von sich selbst: I 1—6. 28—31. 47—58. 587—596. III 1—4. 159—165. 290—291. IV 98—99. Er stellt sich zunächst als den unwürdigsten und demütigsten Diener Gottes hin, der sich bewust sei, nur mit Hilfe des heiligen Geistes solche Gedichte schaffen zu können. Damit will der Dichter jedoch keineswegs, wie W. Grimm irrtümlich annimmt, seine geringe Bildung betonen: er erfleht im Gegenteil nur die rechte Auslegung (vgl. III 1—4), und wir müssen ihn sogar im Sinne seiner Zeit gelêret nennen, da auch er an den buochen las, vgl. IV 180. Seine Gedichte verfolgen ausgesprochenermafsen einen lehrhaften Zweck, sie sollen einen mennischen bikêren (I 55 f.). Der Zorn über die Verkehrtheit der Menschen und ihre Unverbesserlichkeit durch das einfache Wort scheint ihn zum Dichten wenigstens der streitbaren Predigt III veranlasst zu haben (III 161 ff.). Er selbst stellt sich jedoch keineswegs als frei von jedem Fehl hin, beschuldigt sich sogar I 54 stets nâ idilkeile geworven zu haben dh. doch wol beständig profanen, weltlichen Dingen nachgegangen zu sein (vgl. I 492 idilcheit 'weltliche Gedanken'). Er spricht von seiner harmscare, seinem 'Leidwesen' darüber. In III aber ist sein Ton bewuster. Zwar weifs er auch hier sich noch nicht in jeder Beziehung auf dem rechten Wege (harde unbirichtit), doch scheint er über sich selbst schon ziemlich beruhigt zu sein (III 163 sô wi iz idoch im irgê); er will jetzt vor allem Andere bessern. In IV ist er mit sich wol ganz zufrieden. So spiegeln sich in I. II, III und IV drei Entwicklungsstufen. Möglicher Weise war demnach der WM.

nicht von vornherein ein Mönch oder Geistlicher, sondern munchte sich erst nach einem längeren weltlichen Leben. Im Kloster suchte er das Heil seiner Seele und wollte von hier aus auch Andere bessern; hatte er auch in diesem Punkte wol wenig Erfolg, so scheint er doch für sein Teil Ruhe gefunden zu haben; sein streitbarer Sinn legte sich und so nahm seine Neigung zum Dichten ein natürliches Ende.

Woher aber hat der WM. seinen auffallenden Namen? In dreien seiner Gedichte (I 1. 587. III 161. IV 100) nennt er sich den wilden Mann. W. Grimm meinte, er habe damit seinen 'Mangel an Kenntnissen' bezeichnen wollen. Das hat schon Pfeiffer in seiner Germ. I 225 bestritten, der seinerseits behauptet, der 'wilde Mann' sei ein Beiname schon der Eltern des Dichters gewesen, über welchen der eigentliche Name verloren gegangen sei; er sei wol wegen 'unstäten regellosen Lebens' einmal gegeben. Auch dieser Deutung kann ich nicht beipflichten, obwol Pfeiffer dergleichen Beinamen aus Urkunden des XII. und XIII Jhs., darunter auch den unsrigen belegt.[1]) Ich verstehe vielmehr wild nach geläufigem mhd. Sprachgebrauch als 'fremd', also der wilde man als der Fremde und damit auch Unbekannte. Diesen Namen hat sich der Dichter selbst beigelegt. Welche Gründe ihn veranlassten, seinen ursprünglichen zu verschweigen, wissen wir nicht. Da er sich noch in dem ganz harmlosen Gedicht IV (wie auch in I) so nennt, so ist die Deutung 'anonymus' unzulässig, denn nur III mit seinen manigfachen heftigen Angriffen gab allenfalls Grund zur Anonymität. Ist dagegen der WM., wie wir aus sprachlichen Gründen vermuteten, wirklich aus seiner ursprünglichen Heimat, dem Grenzgebiete gegen Nfrk., nach Südmfrk. übergesiedelt, bevor er seine Gedichte schrieb, so ist nicht unverständlich, weshalb er, der im fremden Lande eben als 'der Fremde' bekannt war und seinen eigentlichen Namen vielleicht Ursache hatte nicht mehr zu tragen, seine Verfasserschaft so am besten kund gab.

---

[1]) *Hermannus Überkuono 1257, Wilhelm Vrâz 1149—78, Gerhard Unmâze 1168—69, Rudolfus Mâze 1200, Henricus der Wildemann, Hermannus dictus Wildmann 1263.*

VII. Zum Text.

Nach der im Voranstehenden gegebenen Ansicht über die mundartlichen Verhältnisse in den Gedichten des WM. und W.s wie über die Heimat des ersten Schreibers wurde der kritische Text so geregelt, dass bei den verschiebungsfähigen Consonanten wenigstens der nmfrk., bei den übrigen sowie bei den Vocalen, namentlich im Reime, derjenige Lautstand durchgeführt wurde, welcher sich als der wahrscheinlichste ergeben hatte. Ebenso wurde die Rechtschreibung im Reime ausgeglichen, unter dem Gesichtspunkte der wahrscheinlichen Mundart. Gegenüber den Zusammenziehungen enge verbundener Wörter, wie sie der Schreiber liebt, habe ich mich meist ablehnend verhalten, zumal da man häufig nicht entscheiden kann, ob es sich um Verschmelzungen oder Auslassungen handelt. Daher ist in allen diesen Fällen wie bei unzweifelhaften Lücken *cursiver Druck* angewandt. Ich brauchte Auflösungen um so weniger zu scheuen, als ja mehrsilbige Senkungen erlaubt sind. Bemerkt sei noch, dass di nur als Relativum den Circumflex trägt, he wenn es in der Hebung steht. dâ vor Adverbium wurde stäts verkürzt. Alles Einzelne ergibt eine Vergleichung des Textes mit den Lesarten der Hs.

Textkritische Vermutungen stellten folgende Gelehrte auf, die ich, soweit es nötig, unter Abkürzung angeführt habe:

W. Grimm in seiner Ausgabe des Wernher vom Niederrhein, Göttingen 1839, S. 73—90 = G^1.

W. Grimm in Haupts Zs. I 424—428 (1841) = G^2 mit Beiträgen von W. Wackernagel = W und Haupt = Hpt.

Maſsmann in seiner Kaiserchronik III 580 ff. (1854). Dort sind bei Erörterung der Veronica- und Vespasianlegende I 89—196 und II 1—260 in einem halb normalisierten Text mit belanglosen Conjecturen gegeben.

Pfeiffer in seiner Germania I 226—233 (1856) = Pf.

Conr. Hofmann ebenda II 439 f. (1857) = H.

von Bahder ebenda XXX 396—399 (1885) = B.

Sprenger in den Beiträgen zur deutschen Philologie, Halle 1880, S. 131—146 = Spr.

John Meier in Paul und Braunes Beiträgen XV 334 ff. (1890). Von diesen Männern hat sich Pfeiffer am hervorragendsten um den Text verdient gemacht. Die Vorschläge der Gelehrten vor ihm giengen selten über die leichteren Verderbnisse hinaus, wo sie es taten, meist mit wenig Glück. Die Aufstellungen Sprengers sind durch ihre Gezwungenheit fast an jeder Stelle gänzlich verfehlt und auch die Meiers sind unbedeutend. Von allen diesen Vermutungen habe ich selbstverständlich nur die angeführt, welche nach meiner Ansicht in Betracht kommen konnten. Roedigers Beiträge sind mit seinem vollen Namen bezeichnet. Nach eigener Vermutung habe ich, um das Hauptsächlichste anzuführen, geändert die Stellen I 34. 47. 69. 107. 203. 329. 434. 453. 457. 566. II 162. 238. III 3. 68. 276. 321. IV 98. 108. 148. V 207. 208. 402. 405. 420. 421. 594. Im übrigen habe ich mich möglichst streng an die Lesart der Hs. gehalten. Ein Hs bezeichnet ein Wort ausdrücklich als so überliefert im Gegensatze zu W. Grimms Abdruck.

I. Dit is Veronica. (G 1, Hs 94)

Dat di wilde man gedichtet hát.
der heilige geist gaf im den rát,
dá alle duget ane geschit.
alên inkan he der bûche nit,
5 in meistiret di godis cracht:
di givet di wisheit und *di* macht.
sô wê einir dûgede wilt biginnen,
he sal is an den heiligen geist gesinnen,
sô machet hê dat ende gût,
10 alsô wêrlîche sô he Moisese sterkede sinen mût
inde wisede alliz wat he sprach,
dû hê in *in* dem vûre sach.
he lêstede ôc Kîdiônis bede,
dî lutzel gûdes durch in dede.
15 îdoch sô gaf he ime di math,
dat he wider Philistêim vath.
he lêrde den esel, dat he sprach,
und ôg, dat hê den engel sach.
maniger dûgende hât he mê,
20 dû he uppe Dâvidin virzê
unde virgaf ime sîne missedât
unde wisede Salome den rât,
dat he screif di wîsheit allin sinen lif —
îdoch he *hadde* mê dan dûsint wîf —
25 und Austri machede wîs unde rîche —

---

2 gab 3 anno 4 allen, er, nicht 5 Ir 6 giveth, ūn math 7 wer
10 mût 11 wisende, waz her 12 do er in dem] G^1 13 ockidionis
14 luzel, dete 15 gab er 16 philisteū 17 her lerte, dat er 18. 19 er 20 do er
21 virgab, missetat 22 wiste 23 daz 24 he me] G^1 *und* W

ir inmochte nît sîn gelîche —
und Susannen irlôste (G 2)
unde Daniêlem trôste
mit Abacuc | ges spîse. (Hs 94ᵇ)
30 di mûze he uns ouch giwîsen,
dî in disime enlende sint.
noch irlôste hê drû kint,
dî in den ovin wâren gesat.
he hôrde ouch des in Ezechias bat,
35 durch den he di sůnnen dede stân
undi wider an den ôsten of gân.
dů he ime vunfzîn jâr hadde gigeven,
da mide lengide *he* ime sîn leven.
he gaf allen prophêten di wîsheit
40 und Sibillen alliz dat dâ giscriven steit.
doch inhadde hê di minner nît,
sint alliz dit wůnder is geschit
mit siner manichveldicheit.
dê himel unde erde ummeveit,
45 des meres vluz bikennit he wale,
ouch weiz hê der sterren zale.
wî wal ich im getrûwen,
dat he mit mir sule bûwen!
des wil ich an in gesinnen,
50 sô wan ich einir rede biginnen,
dat si gode zu love welle kůmen
und aller cristenheide vrůmen.
wî wal ich arme des bidarf,
wand ich nâ îdilkeide î warf!
55 wolde mich got sô vile lêren,
dat ich einen menschen moch | te bikêren, (Hs 95)

---

26 irne m. 27 unde 28 getroste 30 musse her 31 disme 33 sint gesatz] *G*² 34 horthe, daz 35. 36 sten : gen 37 do, vunfzien, hatte 38 damitte lengite 39 gab 40 unde, stet 41 inhatte 42 ist 43 manicvaldicheit 44 da h. 45 vlus 47 wol 48 sulhe 50 swan 51 ze, wolle 52 vrůme (51. 52 vollekume: vrume? *Roediger*) 53 wol 54 nach, i. 56 ein

I. Veronica.

sô konde ich harde wal di bûch.
sô weme dâ gnůget, dî hât gnůch,
und sô wê sich mit rechter mâze dregit,
60 dem inwirt nît widersagit,
wan got alliz mit der mâze vollebrate, (G 3)
dat uns die prophêten vore saten.

Dû alle di prophêtîe vore quam,
du man von aniginne virnam,
65 und di wîssagen wâren dôt,
ir sêle hadden grôze nôt:
ir ê inmochte in nît gevrûmen,
ê de godes *sun* wolde kûmen
und de heilich geist was gisant,
70 den ouch Daniêl hadde bikant,
dê Nabuchodonosor irschein:
dat was die drîeckede stein,
den hê in sîme slâfe gesach
und *dê* dat grôze bilde zubrach,
75 dem dat hôwet an den himel ginc.
der stein al ertrîche bivinc:
dat was di wîsheit und di gedanc,
dî von himele in ertrîche spranc
unde von der megide wart giboren,
80 zerlôsene dî dâ wâren virloren.
der hellen clage hê virhôrde,
al unreith hê zustôrde.
di wîle he in der | werlde ginc, (Hs 95ᵇ)
vil maniger gnâde von im inphinc.
85 di masilsutigen machede hê gesunt

---

57 kond, harte wol 58 do, ginůch 59 unde swer, mazse treget 60 nicht widersagith 61 mazse 62 voresathen 65 die 66 hatten grosse 67 e. inmochten nit 68 der godes wolde] sun G^1 69 do der heilige. geist heilich was ginant 70 hatte 71 den, irchein 72 driechete 73 er, slafbe 74 unde, zebrach 77 undi gedanc 79 : 80 giborn : virlorn 81 virhorte 82 zustorthe 83 wil 85 masilsutige

4 Der wilde man.

unde heilide dî dâ wâren wunt;
den dôden dede he up stân,
den blinden dede he sinde gân.
Ein wîf hiez Verônicâ,
90 di volgidi im durch lîve nâ.
sô wan su sîn antlitze an gesach,
si vrowede sich allen den dach,
want si zu im grôze minne drûch. (G 4)
Lûcase brachte si ein dûch;
95 beide si vlêde unde bat,
dat ir dar ane wurde gesat
dat antlitze des heilêris;
'want dû der meister einir bis
unde dû in dicke hês gesîn.
100 ich hoffen, dat mir gnâde sule geschîn.
of du *in* mir scrîven wolt,
ich wil dir immer wesen holt
unde lônen iz dir mit minnen'.
'nu wil ich is biginnen'
105 sprach di gûde Lûcas.
'ich scrîwen dir, alse he hûde was;
ich wênen, nichein î mâlenes bigunde,
dê ene anderes gerâmen konde.'
Dû screif he dat bilde alsô gût,
110 dat *iz* im irvrowide allin sînen mût. |
dû wânde he, dat iz wêre (Hs 96)
gelîch dem heilêre.
dî alli di werlt hêt giscaffen,
beide leien undi paffen,
115 juden undi Sarrazîn:

---

86 heilite, ŵt̄ 87 teth, upstein 88 teth er, gen 89 *kein Absatz* 90 wolgiti
91 swan, antlizze 92 vrowete 93 grozse 94 sie 95 si vloide beide 96 drane
97 antlizze, heileres 98 biz 100 mir sul geschin gnade 101 du du mir
103 lones 104 wil is 107 wene ih'c î. malnes] nichein *für* ih'c î. *H* 108 Dû
screib 111 daz is 113 het *Hs* 114 phaffen 115 Sarrazeni

I. Veronica.

si inmugen nît gelîch sîn,
iz is allez undirscheiden,
als di bôme von der heiden.
ungilîch is stên undi grîz
120 und der dîch inde des meres gîz;
sunne undi mâne inwart nî glîch.
mirabilis deus! dat quîd 'got wunderlîch!'
die sterren gênt unde havent zale:
der sun weiz iz vil wale,
125 wan sîn vadir gaf im di wîsheit, (G 5)
dû he von himile her in ertrîche sereit.
her Salomôn quîd, he sprunge blîve:
sô wê in af wolde scrîwen,
he indorthe nimmer girûn.
130 dar umme inmochte iz Lûcas nît gedûn.
Îdoch versûchten si sich,
of iz im wêre gilîch.
dû gingen si in einir curzer stunde,
dâ si den heilant vunden,
135 dâ he sînen jungeren vore sprach.
unde als *si* en under ougen sach,
dû was sîn antlitze verwant, (Hs 96ᵇ)
als *si* hen nie hedde irkant.
des wûnderden si sich beide.
140 der vrowen wart dû sô leide,
als *si* îzû solde virsvinden.
si weiz ez iren sunden
unde clagide gode ir missedât.
'des sal werden gût rât'
145 sprach der scrîvende man.

---

116 si ni mugen 117 ist alles undirscheden 118 alse, vor der eiden
Pf = *B* 119 wi gilich] *B* 120 undi, in des meres griez] *G*¹ = *B* 123 gent
Hs 125 vatir gab 126 du er von h. er] her in *B* 128 so we hinnaf vorder
scriwe 129 her 130 inmochtes L. 131 doch] *es ist Platz für ein* l *gelassen*
*G*¹ 132 glich 133 do, stunden 136 alse en under den] *Pf* 137 antlizze
138 alse han, hetthe 141 alse, virswinden 142 weisses 143 clagite, missotat
144 rath

Der wilde man.

einis andiren bildes hê bigan.
di vrowe weinde unde screˆ,
wan iz arger was dan ê.
undi als hed du dirde stunt gedede,
150 dû virhôrde got der vrowen bede,
unde alse hê si ane sach,
nu hôret, wî unse heilant sprach.
'Lûcas, du geis mir nâ
und dat gûde wîf Verônicâ.
155 dîne liste inmugen dir nît gevrûmen,
iz insule von mîner helfe kůmen.
wan mîn antlitze inwart nî bikant, (G 6)
wen aldâ, danne ich bin gesant
van der overisten wîsheit.
160 ouch is hez den engelen ungircit
albiz des mennischin kint den dôt
irlîdet durch al der werlde nôt
und des dridden dages up irsteit
undi vîrzech dage in ertrîche geit.
165 sô werdent di glôvigen irlôst,
di himile sint mit ime getrôst;
sô wirt des mennischin kint gesat |
zur zeswin in sînes vadir stat. (Hs 97)
dise rede is wâr undi sal gischîn.
170 sint inmugen si mich nimmer under in gesîn.'
unde als der godes heilant
der vrowen herze hadde bikant
undi war zû si gûden willen drûch,
he sprach 'ganc heim undi nim dîn dûch
175 undi ein lutzil imbîz machi mir:
noch hûde kůmen ich zu dir'.

---

146 er 147 wenite, screi 150 bete 151 si her ansach 153 unser
154 gutho 157 antlize 159 wan der overste wiset] G^1 160 ist ho 161 di
mennische chennit] G^2 163 undes tritten, uf 164 virczethage] G^1 167 gesazt
168 sins vatir 169 gischin Hs 170 nimmer mensche under 171 godes sun
heilant 174 her, gant 175 luzil ymbiz 176 zu Hs

1. Veronica.

Grôze vrowede si inphinc,
îlinde dû si heim ginc.
si rethi ir stûle undi beddigiwant —
180 dû quam der godis sun zu hant.
he îsch wazzer undi bigundi sich dvân,
unde alse hê dit hadde gidân,
he drugide sich an dat dûch,
dat su mit grôzin vrôden dare drûch.
185 îdoch inwas hez niet lanc,
undir ougen hê ez dvanc,
di duêle dat antlitze inphinc,
gischaffen alse der godis sun ginc.
unde alse der heilant si ane sach, (G 7)
190 zume gûden wîve dat he sprach
'dit mach mir wal wesin glîch!
hinnaf saltu werden rîch:
iz sal allin dînen vrunden vrûmen,
ouch sal dir *ein* zêchin ave kûmen:
195 als man mich hie nimmer | inmach gisîn, (Hs 97ᵇ)
dan aller êrst sal iz gischîn'.
Alse Jêsus danne bigunde gân,
sô strêch he an dem Jordân.
vil lûde ime nâ ginc.
200 aldâ he von sente Jôhanne di doufe inphinc,
dî in mit vorthen ane sach.
aldâ got von himile sprach
wider di mennischen alle
'dit is mîn vil lîve sun, dâ ich mir wal ane givalle'.
205 dû wart di drîveldicheit binant.
ein dûve brachti den crisimen al zu hant:

---

178 da 179 bethigiwant 181 her hiz wazer, twan] iesch *W* 182 hatthe 183 das 184 daz 185 he 186 her 187 die duehele daz antlizzo 188 gotis 190 guten wibe, her 191 wol, vesin 194 zechin 195 alse, nimme 197 *kein Absatz* 198 streche an 199 luthe 200 thovfe 202 alda he von ime spr. 203 under meinen allen] minen kinden G^1, unde der menigen allen *oder* under d. m. a. *W* 204 aue 205 da 206 dem

dat was der heiligi geist,
dî irvulde di *drî* namin allir meist,
dat is alli di vrowede gvunnen,
210 dî der doufe hadden bigunnen.
in der wûstinungen
loviden si got unde sungen
undi îliden vil balde
mit sente Jôhanne wider zu dem walde.
215 Und alse he von dem Jordân
zu quertîne bigunde gân,
dû barch he sich aleine
up einim hôen steine.
aldâ he vîrzich dage saz,
220 noch indrane noch inâz.
dû ginc list wider liste,
want der dûvel nît inwiste,
weder he got of menschi wêre; (G 8)
dat mûde in alsô sêre.
225 he saz î vaste an sîme gebede.
dû virsûchte *he* in, alse he vir Êvin dede,
der hê den scônin appil bôt.
he sprach 'nim disen | stên undi mache brôt, (Hs 98)
of du godis sun bis'.
230 dû wânde he in mit valscher list
undi mit vrâsheide bikoren,
da mit der mennische wart virloren.
des antwůrde im di wîsheit,
he sprach 'du weis wal, dat giscriven steit:
235 man insal nit aleine levin des brôdis,
mê des godes wordis, des uns nôd is'.

---

207 daz 208 irwlthe di namin] *Spr* 210 toufe hatten 212 loviten 213 ilide
214 den 215 *kein Absatz*, her 217 da, sih 218 uf 219 virzich *(Hs)* tage
222 tûvel nine wiste 223 ob 224 mudin a. 225 vast, gebethe 226 do virsuchte in alse he *(Hs)* vir ewin dethe 227 apil 229 ob, bist 230 er, valiser
b a
234 weiz wol was 235 des brodes levin *(Hs)*. 236 mer, wortis, not

1. Veronica.

hî mit was der dûvil giblant
unde hadde in wirs dan ê bikant.
Nu hôret eine grôze ôtmûdicheit,
240 dat godis sun den dûvel reit.
zu Jerusalêm hê in vûrde,
dû hê in mit uvile nîne gerûrde.
unde als *he* in uppe den tempil hadde gisat,
sô virsûchte he in, alsô vir Êva gibat
245 hêren Adâmen, dat he dat ovez âz.
durch ir lîve he sich virgaz
und bigunde sînin sceppêre bikoren:
des wurden si beide virloren
unde ûz dem paradîse virscalden.
250 der dûvel sprach 'du indarf dich nît halden
undi val hî nider mit dînir list,
of du godis sun bis.
ich weiz wal, dat giscriven steit:
hî kůment di engile sô gireit,
255 dî dich sô samfti vûrent,
dat dîne vûze nît inrûrent |
dicheiner handi ungimach'. (G 9, Hs 98ᵇ)
nu hôret, wî der godis sun sprach.
'iz is giscrivin, du bis virloren,
260 man insal sînin sceppêre nît bikoren,
man sal in immer lovin unde êren.' ·
noch dan vûrde he unsin hêrren
up den hôsten berch, den he îrgen vant.
di girheit zougide *he* im zu hant,
265 da mide hê Adâmen stach,
dû hê vil lugenlîche sprach
'woltu wesen alsi got,

---

237 tuvil 238 hatten wirs 240 daz, tuvel] G^1 241 ẘrde 242 so he, ubile, gerurthe 243 alse in uffe den, gisatz 244 ẘr E. 245 daz he daz obez 246 her 247 unde, seppere 249 us den paradyse 250 tuvel, dir indarf 252 ob, su bist 253 wol daz 255 sampti 256 inrurēt 258 hore 260 scepper, bikorn 262 noch du vurthe er unsir 263 uffe, berc 264 zougite 266 do

sô saltu zubrechin sîn gibot,
sô mugit ir im gilîchen'.
270 da mide wândin sich die armin girîchen
und virluren di êwilîche wunne,
si und al ir kunne.
Alsus grûte hê des mennischin kint:
'sich dise lant, dî sô scône sint.
275 di geven ich dir, woltu an mich gîn,
und alliz, dat du math oversîn;
sô inmach dir nît gilîchen.
bede mich an, ich mache dich rîche'.
dî nie sunden giwan,
280 dem dûvile he antwurden bigan.
'wat solde mir dîne rîcheit?
du weis wal, wat dâ giscriven steit:
dat allir êrste, dat is dîn val,
dat man nîmannen | ane bedin insal (Hs 99)
285 wene got unsin hêrren,
allir dinge sceppêre.
var hin', sprach he, 'Sathanâs,
aldâr du giwirket hâs,
wider in dîn arbeit'.
290 dû quâmen di engile al bireit,
von himile ein grôzi scare: (G 10)
si dînden irime hêrren undi nâmen sîn ware.
Dû der dûvil sô danne was giwant,
dat hê sîn nît inhaddi irkant,
295 vil gerne hê dar umbe dathe,
wî he in zume dôde brethe.
an Jûdase virsûchti he iz zu hant,

---

268 zubrachin 270 mit, si sich di armin 273 gruz her dem 274 he sprac
sich] sprac *zum Teil schon auf dem Rande der Hs* 275 dit, iehen 276 over
seben 277 mac 279 sunden bigan] Roediger 280 tuvele, antwrten 281 uaz 282
weist wol 284 und dat, anne betin 285 uene 287 er 289 Uider 290 e. do
bireit 291 eini 292 irme 293 Vant der 294 nit batti 295 Vi, her drumbe
dethe] *Spr* 296 ben zume *Hs*

I. Veronica.

dâ hê di lôsheit ane vant,
und giriet, dat he sînes meistires virlouchte
300 unde in umbe drîzich penninge virkouchte.
da mide wurden die juden givalt
unde wurden sint ouch alsô virsalt.
he riet ouch, dat man godis sun vine,
aldâ die passio ane gine.
305 mit uvile si in rûrden,
want si in mit gelpe vûrden.
di gilouvigen volgiden ime unvrô
al zu monte Syôn.
umme eine sûl si in bunden,
310 mit geisilen si in wunden.
vil sêre si in slûgen,
eine | durnen crône si im zû drûgen.   (Hs 99ᵇ)
undi als su im up dat hôvit wart gisat,
dat bizêchinit dat,
315 wî ein lamp einen mennischin irlôste.
dû her Abrahâm up einime rôste
sîn kint haddi gibunden unde wolde iz slân,
der engel sprach 'nû lâz stân!
got irkennit dîne mildicheit.
320 sich hî, wâ ein widir steit
geworren under disen dornen
mit sînen krummen hornen'.
des vrowede sich her Abraâm.
sîn kint, dat he îzû wolde slân,
325 deme halp he nider und bigreif den wider   (G 11)
und opperde den. got lovede he sider.
[dat lamp dat warp he in den rôst,
da mide wart sîn kint irlôst.]

---

298 anne 299 unde, daz 300 peninge virkoufte 301 mit 303 daz 305 rurthen 306 want, vurden *IIs* 307 giloubigin volgiten 310 geislen, vunthen 311 ni sere] *Spr* 312 durne cronen 313 hobit, gisatzt 314 daz bizechint 315 einnen 316 do 317 hatti, wol 319 inkennit 320 wo 321 geworen 324 si kint, solde 325 half 326 ofperde 327 daz, warf her 328 damit warth

Der wilde man.

der bendel wart ouch dâ virbrant. —
330 den godis sun nâmin si bî der hant,
lucwort si up in dâten,
vor Pilâtum si in braten
und bigunden alle ovir in clagen,
dû iz allir êrst bigunde dagen.
335 dû hê vor ime wart virzalt,
dû wart der dûvil allir êrst givalt:
he birou sît, dat he is ie gewûch, |
want godis sun dat crûce drûch   (Hs 100)
svîgindi, alse dat lamp deit,
340 dat nît inwûfit, sô man iz sleit.
sîn crûce stîz he in den stein,
dat hê von vorthin aľ zukein.
dar an negilden si den heilant,
der uns zu trôste wart gisant.
345 an dem crûce hê den sige nam,
den gilôvigen hê zu trôste quam:
dat hadde ouch der prophête vor gisacht.
einen spongen bant man an einen schacht,
da inne was czzech unde galle,
350 garst was iz bidalle.
dat der godis sun dar ave gidranc,
dat bizêchinde hêren Adâmis gidanc,
dû ime dat wîf den appel gaf.
in sînen hals ginc im dat saf,
355 den boum streichide he mit der hant,
want hê di rinden sûze vant.
dat si den vîcboum hadden zubrochen,
dat wart an dem godis sune giwrochen,

---

331 lucwrthe 332 brachten 333 unde 334 do *Hs*, tagen 335 do
336 do, tuvil 337 he beruo sich daz hes ie gerẃch *Hs*] sit *Roediger*, gewuch
W 338 druch 339 swigindi 340 inrûfit 342 daz, alze kein 343 negiten
344 den 345 sigen 347 hadthe, vorgisait 348 schaft 349 cczech, gallen
350 garzt, ihc z bitalle 351 do, daz avo 352 daz, er A.] *Roediger* 353 do,
daz wib, gab 356 sûzze 357 do si, hadthe 358 givrochen

I. Veronica.

dû man im di negile durch die hende slûch. (G 12)
360 da mide irvalde hê den vlûch,
dî in dem paradysi giscach,
dû der mennischi godis gibot zubrach.
de êrste, di dâ wart irlôst,
di givit uns einin | gûden trôst. (Hs 100ᵇ)
365 Dismas was hê ginant.
dû got sînen rûwen haddi bikant
unde hê im clagidi sîne nôt,
he sprach 'hêrre, ich bin von rechtin schuldin dôt,
du ingildes dînir gûde
370 durch dîne ôtmûde.
nu mûzis dû mîn armin
in dînes vadir rîche irbarmin'.
undi alsi he sîne bighit haddi gidân,
dû bigundin si in mit kolvin slân:
375 di bein brâchin *si* im zu hant.
dû wart der schêchir vor gisant:
zû der helle brachte hê den trôst.
he sprach 'ir werdet îzû irlôst.
ich liez in an dem crûce stân,
380 dê mir gnâde hêt gidân'.
noch dan sô werede der viende schal,
albiz he sente Jôhanni sîne mûder bival;
vil sêre weinde si ir kint.
dat spere brachte ein jude blint,
385 da mit he unsin hêrren stach.
he wart gilouvich undi sach:
dat blût he an di ougen streich.
dû virschît godis sun unde wart bleich.
sîn gotheit zu der helle quam,

---

359 do, nagile 360 damite irvalthe 361 giscah 362 do 366 do, hadthi 367 clagithi 368 rechtin *Hs,* suldin 370 othmude 371 musis 372 vatir 373 hadthi gitan 374 do, im 376 do, sechir 378 iz zû 380 heth gitan 381 were] *G*¹ 382 muter 383 wenithe 384 daz sper 385 her unsir 386 giloubich 387 strech

4*

390 di sîne hê dâ ûz nam,
want hê den êrsten lôn inphinc.
dû hê in dat paradys ginc,
dâ stunt | der engil in sînir giwere. (G 13, Hs 101)
he sprach 'mich dunket, dat du mich sûches mit here'.
395 undi alse he im dat crûce gibôt,
dû gingen si în sunder nôt,
want hê dat recht urkundi gisach.
sint rûweden si undi hadden gimach.
Her Jôsêph und her Nychodêmus,
400 si gingen zu hêren Pilâtis hûs —
.mit vorthen si dat dâdin —,
dat si den urlof bâdin
'umme Jêsus corpus, dat dâ steit,
want iz îzô an den âvint geit.
405 he steit uns lestirlîche dâ,
want, hêr, unsi hûchizîde is nâ'.
unde alse he in den urlof gaf,
zu hant sô machidin si dat graf.
vil samfti si in avi hûvin,
410 vil scîre si in bigrûvin.
einin grôzin stein si up in lathin,
den si vil kûme dare brathin.
dû gingen di juden in einin rât.
si sprâchin 'noch wizzit ir wale, dat Jêsus hât
415 dicke gisprochin undi sich virmaz,
undir sînen jungiren dâ he saz,
he solde sterven undi irstân
undi vîrzich dage in der werlde gân,
sô wolde he dan | zu himile varen. (Hs 101ᵇ)

---

390 us 392 do, daz 393 du 394 mit here suches 396 do giengin 397
vont 398 hadten 399 *kein Absatz*, unde 400 giengen zu her heren 401
dathen 402 urlob batbin 403 umme 404 ovint gent 408 zv *Hs*, machtin
409 wi sampfti, hubin 410 wi, bigruwin 411 grossin, lattbin 412 brachtin
413 do giengen 414 noch wiszit ir 417 sterben 418 virezie 419 so wolder
dan himile he dan zu waren

I. Veronica. 15

420 iz is gût, dat wir uns biwaren,
dat unse ô nît zugê;
sîne jungeren kŭnnin gidenken mê.
ouch hân ich vil dar umbe gidath,
si mugin in stelen in der nath
425 unde sagint, dat hê irstanden sî.
unsi hûde havin wir da bî!'
du gvunnen si in ir athe (G 14)
ridder, dî si dare lathen,
[beide dump unde wîse,
430 si wâren giwâpinit alle in isen.]
dâ hûden si di zvâ nath.
dû quam ein engil mit grôzer math
in vreislîchimi gidêne
unde lîtrîche an zu sînne:
435 dat hôvit brande ime als ein glût.
di gine, dî dat graf haddin bihût,
si lâgen in grôzen sorgen
undi heddin sich gerne giborgen.
dû der engel den grôzen stein vant,
440 he warp in avi mit sînir hant.
di erde irbivede durch nôt,
si lâgen, alse si wêren dôt.
Dû irstunt der godis sun bî der nath,
alse he dû bivore haddi gisath.
445 dat sachten dî dit sâgen,
des mothen si sich sint gibâgen. |
dû gingin si predigin in der stat. (Hs 102)
unde wî sich der engil haddi gisat,
dû quâmen zvâ Marîen
450 undi bigunden sêre serîen.

---

420 ist, daz 421 uns e. nie] *Spr* 422 gidenke 423 oevch 427 wnnen, abten 428 dar 429 wis 430 als ein his] al in isen G^1 432 grozser 434 liflich 435 daz, branth 436 daz, hadtin bihûth 437 grozsen 438 hedtin 439 grossen, zu brach *statt* vant G^1 440 cinir 442 also *Hs* 444 do, hadti gidath 445 daz sahen] *Pf* 447 do giengin 448 hadtho 449 do, zwa

di eine hîz Magdalê,
er volgide vir Salomê —
ên dirde dâr nît inquam in bî,
îdoch sô scrîvit man ir drî.
455 si brachten salvin undi krût.
dû sprach der engil ovirlût,
wes in gine gerûchten,
wat si dâ sûchten?
si sprâchin 'Jêsum von Nazarân.
460 wir hoffin, dat he sule irstân;
di wart gierûcigit unde bigravin. (G 15)
wê hêt den grôzin stên up gihavin?'
dû sprach der engil 'iz is gischîn.
nu gêt her nâir, *dat* ir mugit sîn;
465 hî vindet ir urkunde gnûch:
dit is dat graf undi ouch dat dûch,
dat vor sîne ougen was gidath,
dû he undir disen stein was gilath'.
vrôlîchi schîden si von ein.
470 sente Marîen Magdalênin hê irschein,
der godis sun, dat he wider si sprach,
dat si in ouch vleischlîche gesach,
als *si* dû bivore haddi gidân.
he hîz si ûz der stat gân
475 da hin zu monte Syôn.
'mîne jungiren saltu machin vrô
undi sagi in, dat ich irstandin sî,
unde trôste ouch Pêtrum | da bî, (Hs 102ᵇ)
dâ he ligit mit sorgen
480 in Galilêa giborgen'.
Der jungiren noch dâ nît inwas.

---

452 volgiti 453 hene dorthe dar nirgin kumin bi 456 ovirlud 457 uidir
gine gegrutin 458 vat 460 vir, sul irstein 462 wat heth. ub 463 sprach *Hs*, ist
464 geit, nahir 466 di grab, duch 467 di, gilath : 468 gidath *vertauscht*,
berichtigt von G¹ 468 undi du he, steinen 472 vleisliche 473 alse da bivor
hadthi] si *Pf* 474 us, gen 479 her 481 *kein Absatz*, ouch, nie] nit *Spr*

I. Veronica.

Lûcas undi Cleophas,
si hûven sich wider morgen
undi strichen ûz mit sorgen.
485 si hadden angest undi wân,
of der godis sun soldi irstân.
mit handin si sich bivingen,
zu Emmâus si gingen.
ein îglîch den anderen bat,
490 *albiz si quêmen an di stat,*
dat he im von gode sethe
undi îdelcheit nît indethe.
der godis sun, he ginc in nâ,
he sprach 'hêrren, war is û sô gâ?
495 mûze ich ûwir giverdi sîn?' |
dû ginc he als ein pilgrîn. (G 16)
he vrâgidi si umme mêre
mit hoflîchen gibêren,
dat si des vroude inphingen,
500 alsô rûwich sô si gingen.
si sprâchin 'ir sît wale, dat wir rûwich gên.
joch kůmit ir ouch von Jerusalêm,
di selve mêre hôrdet ir sagen:
dî zu Jerusalêm wart gislagen
505 an dat crûce sunder scolt —
di juden inwârin im nît holt —,
nu ligit he drî dage bigravin,
hůde solde hê sich hân irhavin.
iz inwart nie nît sô gûdis:
510 wan of hê irstanden is,
sô is alle di prophêtîe vollekůmen,
dî wir von alder hân virnůmen'.

---

483 si schuden sich widher 486 ob 488 emaus 491 sehte 492 hidelcheit nict indethin 494 ist 495 muste, giverthi 496 do, philgrin 497 vrogiti 498 hoslichen gibere] hoflichem G^1 499 vrovde 501 schit wale dat wir Hs] schit G^1 502 iach 503 selwe, hort] *Roediger* 504 warth 507 tage bigrabin 508 also hude, he ich sich 510 ob

18 Der wilde man.

der godis sun predichede in dû gnûch
ûze Moysesis bûch,
515 alliz dat zu der cristin | heidi draf.   (Hs 103)
wî gûden trôst hê in gaf!
si inmochti sîn nît virdrîzzen,
van in si in nît inlîzzen
undi bâdin in mit in zu herberge gân
520 undi alsolîch imbîz mit *in* inphân,
als in got virlûwe;
dat deiliden si im mit trûwen,
beide brôt undi wîn.
dû volgide in der pilgrîn.
525 mit minnen si in latten,
tuschen si zvêne si in satten,
dat brôt lathen si im up den schôz:
dû wart iz drî werve alsô grôz,
alse hê iz gisennede und zubrach.
530 ir neweder nimmer in sît gisach.   (G 17)
unde alse he *danne* was giwant,
Lûcas greif im nâ mit der hant.
'wê nû', sprach he, 'Cleophas,
war quam der man, dî hî was?
535 owî dat wir sîn nît irkanden!
iz was godis sun, der is irstanden!
he ginc mit uns allin disen dach.
di sûzen wort, *dî* hê uns vor sprach,
di sul wir mirken beide,
540 want mir nie gischach sô leide,
doch is mir lîve da bî:
ich offin of scrîven, dat hê irstandin sî'.

---

513 in ouch g. 514 uzze 515 allis, traf 516 gab 517 inmochtin,
nieth virdrisen 518 inlisen 519 herbege 522 teiltin, truwin 524 volgiti
525 lathen 526 zussen, sathen 527 uf 528 do, driwerbe 529 hes 530 niet
me 531 he was giwon] *Spr* 535 nith inkanthen 536 ist instanden 541 ist
542 ob, instandin

I. Veronica.

Danne vůr he zu den sînen,
sînen jungiren wolde he irschînen,
545 dâ si inne bislozzen sâzen;
he inbat nîman sich în lâzen.
mit einim vride quam he undir sî.
he sprach 'trôst û, ich wise û | bî, (Hs 103ᵇ)
aleine insît ir mîn nît.
550 ich êze gerne, hâd ir ît'.
dů sattin si in uvir cinin disch;
dů âz he honich *unde* visch.
dat nâmin si vaste in iren sin.
her Thômas inwas dů nît bî in.
555 und sô schîre sô Thômas widir quam
unde hê du mêre virnam,
dat si godis sun hadden gisîn,
he sprach 'iz inmach nimmer gischîn.
ich sach in sô stechen undi slân,
560 ich inkume is nimmer an den wân
unde inwil ûch nimmer mide gîn,
ê ich di selve wunden sîn,
dâ in hin di blinde jude stach'.
dar nâ ovir unmanigin dach (G 18)
565 bigunde der godis sun undir *si* gân,
alse he *ê* hadde gidân.
unde alse he 'pax vobis*cum*' gisprach,
Thômas in dů ane sach,
di sîn dů bivore lônede.
570 sîne wunden hê ime zônede
unde liez sich tasten mit der hant.
di wunden blûdich hê bivant,

---

543 *kein Absatz* 545 beslossen wa 546 inbath sich niman in lazzen
548 ich uas] *Spr* 549 insiht, niet 550 ezse, id 551 do saztin, ubir, dich
552 he he honich wich] *Pf* 553 daz, irn 554 da 555 vnde 556 do 557 hadte
560 inkumes nimmer *Hs* 561 giien 564 nach 565 undir gan] *G*¹ 566 he
hadde] *G*¹ 568 da ansach 569 da bivor 570 zonethe 571 unde *Hs*₁
tasden micht

Der wilde man.

alse he dû bivore haddi gisîn.
he inphine gnâdi up sînen knîn,
575 he sprach 'mîn glouve is nû mêrre:
du bis mîn godis hêrre!
dîn gnêdichêt hâd mich wal bidath,
dat du | mich glouvich hâs gimath'. (Hs 104)
[dat god sînen jungeren hâd bihût,
580 dat is uns sundêren gût.]
he sprach 'Thômas, du salt sêlich sîn,
michil sêliger di holden mîn,
di glouvint undi mich nîne gisâgin.
hinnaf sulin si´ sich bâgin
585 unde sterchen di rechti wârheit,
want mînis vadir *rîche* is in bireit'.
Des gisinnit ouch der wilde man,
want hê der rede alsô bigan.
iz givit der cristinheide math
590 unde hêt di juden nidir gilath.
iz is reth, dat man vor ine bede,
sô wat he ie uvilis gedede,
dat iz got virgezzen wille
und sîn harmscare gistille.
595 got inmûze is nît virdrîzen;
sîner ufferde wir ginîzen.
Dar zû he *sîne* vil lîve mûder nam,
dû hê mit sînin jungiren quam (G 19)
zu einim bergi, di olei drûch.
600 der gilôvigen was dâ gnûch
inde wolden wardin undi sîn,
wanne dat wundir soldi gischîn.
dat pater noster hê in screif,

---

573 do vor hadti 574 upe, knien 576 biz 577 wol 578 brath 579 had me suth 580 daz 582 michil *Hs* 583 gisahen 586 wō mins vadir ist in bireith] *Pf* 587 kein *Absatz* 589 givich 591 ist 592 was 593 virgeszen 594 undi, harscare 595 inmûsiz, virdrisen 596 ginissen 597 kein *Absatz*, he vil] G^1 598 do 599 zu *Hs*, einin, oley truch 600 gnûch 601 inde si w. warthin 603 he *Hs*, screb

dat was der trôst, dî in dû bleif.
605 he sprach 'her an sulit ir ûch gihalden,
ir sulit ouch mit ir- | balden. (Hs 104ᵇ)
zîn dage solit ir ûch bireiden,
sô senden ich ûch einin leiden,
der sal dicke mit û wanen
610 unde sal ûch allis des irmanen,
dat ich ie wider ûch gisprach'.
dat was der jungiste dach,
dat got zu himile wolde varen;
in der luft bigundin sich di engile scharen.
615 Dû der godis sun up zu himile screit,
mit im vûrde he di ôtmûdicheit,
dâ hê di stolzheit mit virwan.
dit gisâgen galilêische man.
'viri Galilei,
620 quid ammiramini?
wes wundert ûch', sprach di stimme,
'dat duse godis gimme
zu ûwir gisithe zu himile veret,
dî alli gilôvigin *hât* gineret?
625 alsus sô sal he wider kůmin
al den sêligin zu vrûmin.'
di engile in inphingin,
sîne jungiren danne gingin
mit michilen sorgen. (G 20)
630 dû si avir sâzen giborgen,
unsi lîve vrowi gine undir sî.
si trôsti si undi saz in bî
undi sagide in dugindin gnûch,
wî ir was, dû si | unsin hêrren drûch, (Hs 105)
635 unde von irem leven, dû si in inphinc,

---

604 do bleib 605 sult 606 sult *Hs*, ouch nit] *Roediger* 607 zehin, solt
609 û] ẁ 613 waren 614 bigundi sich dev] di *am Rande G*¹ 615 gotdis,
ub 616 bit 617 stolzeit 618 gisahen galileisse 621 was 623 wert 626
vrûmen 630 da si avi sazsen] *Spr* 633 sagiden, tugindin 635 ir

und von dem wege, dû si zu ir nichtin ginc;
dat was kûme ein halvi mîle.
hî mit kurzede si in di wîle,
albiz iz quam an den zînden dach,
640 als in got selve ouch vor sprach.
ein michil vûr quam undir sî,
der heiligeist was ouch da bî,
dî in dat herze inbrande,
dat îwilîch irkande,
645 dat an im irstarf di vorte.
sente Pêtir warp up di porten,
irriz giloven si bigunden,
des si ê des nît inkunden;
si invorthen svert noch den dôt.
650 alsus irlôste got von der nôt
sîne lîve knechte.
dû predicheden si dat rechte.

Der sâme, dî dû wart gisêt,
di wirt zumi jungisten dage gimêt.
655 di ungilouvigen sal man virdeilin
den gilouvigin zu heili.
mit den gilôvigen mûze wir wesen,
dat wir zun êwen ginesen.
in godis namin 'âmen'
660 sprechit alli samen.

---

636 unde 638 kurcode 639 zihinden 640 selve *Hs* 643 das, inprande 644 daz 645 dat di vorthi an im irstarf 646 uf di porten warf 647 irris 648 des edes nine kunden] si *Pf* 649 vortthen swert ioch 651 knecte 652 do predicten, rechten 653 *kein Absatz*, warth giseth 654 gimeit 655 ungilovgigen, wirdeilen 656 glouvigin, heilin 659 goddis

II. Vespasianus.

Ein wunder zu Rôme giscach (G 21, Hs 105ᵇ)
vor *dûsunt* zvein undi vierzich jâren undi ein dach
an einimi kůningi vil gihêr,
Vespasiânus hîz hê.
5 Tîtus was sîn sun ginant,
di virweldigidi alli di lant,
dat si im wârin undirdân.
wat halp in, dat si mochten hân
scat | zis vil undi gnûch?
10 der aldi kůninc eine suchede drûch
an sîme anesůne,
vreislîch an zu sînne.
di wespen eme in deme hôvedi zugin,
dat si alsi dicke ůz vlugin,
15 alsi du bîe van den imben deit.
dat was ein michil jâmurkeit:
in inhalp schaz noch lant,
want hê nicheinen arzet invant,
dî sich des underwunde,
20 dat hê in giheilin kunde.
sô michil was sîn ungimach,
dat man ime durch sîn hôvit sach:
iz was alliz avi vrezzen.
îdoch got inhaddi sîn nît virgezzen.

---

2 vor zwein] G^1 3 an] von 4 her 6 weldigiti 7 undirtan 8 haf, daz 9 scazzis 10 kůnic 11 annesûnne 12 hovethi 15 inben 17 im inhalb 18 vant 22 ovith 23 abi 24 inhatti

25 Dû quam ein israhêlisch man.
Tîtus den zu ime gvan
unde liez in sînin vadir sîn;
ime solde gût von im gischîn.
unde alse hê den vreisen gisach, (G 22)
30 zume kůninge he gûtlîche sprach
'zu Jerusalêm geit ein man,
der dit | wal gibûzen kan. (Hs 106)
den heizit man Jêsum, godis kint.
die heilit alli, dî dâ sint:
35 he in*is* nît *sô* sêre wunt,
von sînin worden inwerde he gisunt.
mochtis du dich bireiden,
ovir mere wolde ich dich leiden.
gezôgistu im dîn ôtmût,
40 vil scîre wêre dir gibût'.
Der kuninc sûfzin bigan.
he sprach 'nu sîstu wal, dat ich inkan.
hî vore hadde ich grôze eracht:
nu inhân ich leider di macht,
45 dat ich iz vollibrethe,
wî gerne ich is gidethe.
lîve sun, wat is dîn rât
umbe dat uns dis man gisagit hât?
of du dich hûves uvir mere
50 unde nêmis mit dir ein michil here,
dar zû silvir unde golt,
sô vile sô du is havin wolt,
undi brenge mir den gûdin man,
of he mir gihelpin kan.
55 ich givin ime, math du sagin,

---

25 do, kein Absatz, israhelis 26 guam 27 liezs, vathir 30 kůnige
32 wol gibussen 33 heizzit 34 heileit, di da sint] sieeh sint G^1 35 in nit
sere] *Hpt* 36 worthen werde 38 wol] *Mafsm.* 39 othmut 40 gibût 41 kunic
42 wol 43 had ich grozse eraft 44 inhavich, math 45 daz 46 iz gidechte
47 he sprac libe, was ist 48 dirre 49 ob, huves *Hs* 52 dus 53 guthin 54 ob, gihelfin

II. Vespasianus. 25

    wat ein kiel goldis mach gidragin
    undi dar zû mîn hulde,
    dat ich iz umbe in wil virschulden'.
    Der sun sich schîre birît,
60 he instrevede wider | den vadir nît.   (Hs 106^b)
    he hîz ime kîle reidin,
    he inwolde nît langer beidin.
    uvir mere hûf he sich mit grôzir math   (G 23)
    unde ouch ginir, dî im haddi gisath,
65 wâ hê den heilant vunde,
    wan he inhaddi sîn keine kunde.
    vil schîre quâmen si an dat lant;
    dat is noch Syrie ginant.
    dû îleden si zu Jerusalêm
70 beide rîden unde gên.
    dû vrâgide he umbe sînis vadir nôt;
    dû was der godis *sun* lange dôt
    undi up zu himile givarin.
    sint sûchte he in mit grôzir schare.
75 dû vrâgide *he* umbe di gileginheit,
    wî der godis sun den esel reit,
    undi umbe alli di zeichen, dî he haddi gidân.
    di gilôvigin bigundin zu ime gân
    undi sagidin, wî im giscach
80 unde wî he wider sîni jungiren sprach.
    dit dede he alliz scrîven.
    dû redede man von dem wîve:
    dû wart vil schire mêre,
    wî godis antlitze dâ wêre.
85 des vrowidin sich des kuninges man.

---

56 mac gitragin 57 min 58 imber in] *Hpt*, virschuldin 59 *kein Absatz*, biriet 60 strevede, wadir 61 his, reiden 62 beithin 63 uf h. s. ze hant mit] ze hant *strich* G^1 64 hadti 66 be hatthi 67 si *Hs*, daz 68 daz 69 ilenden 70 ridende 71 vragithe, vatir 73 uf zu 74 grossir 75 vragithe, gilaginit 76 roith 78 glovigin 79 sagithin 80 sinin 81 teth, allis 82 do redeti, den wibe 83 dû] dat 84 antlize 85 vrowithin

di vrowin man vor in gvan,
dî iz lange haddi mit sorgen
vor den juden virborgen.
der kunine si dû grûti,
90 want he gnâde sûti.
he sprach 'vrowe, got | můze ů biwarin! (Hs 107)
ich bin verre her givarin.
umbe Jêsum bin ich ûz kůmin,
den hânt di juden mir binůmin.
95 kumin ich zu lande,
ich rechin sînen anden,
sal mir ummir gůt. von im gischîn. (G 24)
sô lâzet mich den dûch sîn,
dâ dat godis antlitze ane steit;
100 ich geven ûch wider iz bireit.
of ir mir *in* willit lîn,
ir indurt ez nît virzîn.
wirt mînem vadir da mide gibût,
iz is der cristinheide gût:
105 sô wil ich dan her wider varen
mit einir rômiscer scharen.
di ungilôvigin wil ich bikêren
und di cristinheit gimêren,
di juden virsenden
110 und si sêre schenden,
alse si den godis *sun* hânt virdân,
můze ich den lîf gesunt hân.'
Di vrowe den kuning ane sach,
want he von dir cristinheide sprach.
115 mit sûzilîchen grûzen

---

87 is, hadthi 88 iuden *Hs* 89 do gruthi 90 suchte 91 můse ů̇ 93 us kůmen 96 recchin *Hs, abgebrochen* rec—chin 97 undir sal 98 lazseth 99 antlizze 100 ich gen 101 lien 102 irn durf ez niet virzihen 103 minen, buz] *Pf* 104 ist, cristiheide 105 waren 106 einin romiscen 107 unglovigin 108 undi 110 undi 111 alssze 112 mus 113 den *(Hs)* kunig 115 suzlichir gruson

II. Vespasianus.

si knîde vor sîne vûze.
si sprach 'hêrre, den dûch hân ich bihalden,
vil sûzilîche is hê givalden.
ich inlieze nît durch sicherkeit
120 dâ godis antlitze ane steit,
noch durch dikeine mîde,
dî mir îman gibîde.
iz is mîn vroude unde mîn trôst,
da | mide wirt manig man irlôst, (Hs 107ᵇ)
125 als der godis sun selve widir mich sprach,
dû he mir *iz* bival undi *ich* in leste sach'.
Dû si *nît* inkunden
an dir vrowen vinden
dat su in dat dûch lûwe,
130 dû bâdin si durch trûwe,
dat su wolde varen uvir sê (G 25)
unde nême mit ir vrowen mê,
dî si dâ heddin in hûden.
des bigunde der kunich mûden.
135 he sprach 'is dat mîn wille irgeit,
sô gevin ich û mîne sicherkeit'.
dat inphinc di vrowe mit sînir hant,
want si sîne trûwe hadde bikant.
dû si den willin gvan,
140 dû vrowide sich manig rômesch man.
drû kammerwîf si zu ir nam,
dû si mit irime dûche quam.
undi alsi di vrowe was gireit,
der kûninc langir nît inbeit.
145 dû îleden si zu den kîlen,
dâ di unden ani vîlen.

---

116 wzze 117 d. lâ mich b.? 118 wi suziliche ist he givaldet] vil svasliche *Spr*, flizzicliche *Pf* 119 inliez, dur 120 antlize annesteit 123 ist 124 da wirt] G¹ 125 alse 126 do he·mir bival unde in leist] G¹ 127 *kein Absatz*, do sine kunden 128 vinden *Hs* 130 da 133 hedthin 135 iz das 138 hatthe 139 do 140 romes 141 kammerwib 142 irme 144 kûnic 145 ilethen

si hadden allis des gnûch,
dat ic kîl gedrûch.
den vrowen was ein gadin gireit,
150 da inne haddin si alle ir gisvâsheit,
da hindine bîme stûre;
nît inwas in dûre.
Uppe dem mere bigunden si vlîzen,
Kyperen si lîzen
155 zu der zeswin hant
undi sigil | den umbe Krîchenlant. (Hs 108)
tuschen Messên unde Volkân
bigunden si di kîle lân,
vor Sicilien unde Kalâbrien lant;
160 got hadde si schiere dar gisant,
aldâ di Tivere in dat mere [geit undi] vlôz.
vrowede unde hôen gidôz
hadden si uppe dem lande,
want man wal irkande
165 di rômischin zîrheit. (G 26)
dû quâmen ros vil gimeit,
sô vil si ir bidorthen,
want si den kuninc vorthen.
Dû quam zu Rôme mêre,
170 wî Titus kumen wêre,
di jungi kuninc hêrlîch.
di vursten saminiden sich
undi inphingen in mit schalle:
dû grûte hê si alle.
175 di vrowen zônede *he* mit der hant
aldâ he sînin vadir vant,
dâ hê up sînim bedde lach,

---

147 hatden alliz 148 des 149. 150 *in der Hs umgestellt* 150 hatdin, giswasheit 152 niet 153 Vppe den, vlizzen 154 K. bigundin si lazzen] G^1 156 sigilden *Hs* 161 [geit undi] *Roediger* 162 horen 163 deme 164 inkante 166 do 168 won, kuninc vorthen *Hs* 169 *kein Absatz* 171 kunic· 172 saminthin 174 gruzte 175 zonede mit] *Pf* 176 sinir 177 bedo

II. Vespasianus.

noch inhôrde noch insach;
si sprâchin, iz wêre sîme ende nâ.
180 dû sprach vir Veronicâ
'godis antlitze hân ich dir brath.
of du dich vore hâs bidath,
mit ôtmûde saltu iz inphân.
woltu is gilôvin hân,
185 dat he manigin hât giheilit,
undi wirt dir sîn gnâdi mit gideilit,
sô wurde du sêlich giboren: | (Hs 108ᵇ)
got hâd dich dan zu vrundi irkoren'.
dir kunich sich up richte:
190 zu hant wart ime lîchte.
di vrowe intlôch im den dûch:
di wurme, dî he ê des drûch,
si vîlen im up den vûz,
des grôzen uvilis wart im bûz.
195 unde *alse* he dat antlitze undir sîne ougen gidvanc,
he wart gisunt unde spranc
gelîche in den gibêren,
alse he drîzichjêrich wêre.
Dû quam zu Rôme mêre,   (G 27)
200 wî der kuninc giheilit wêre
der grôzir suchide, dî he drûch.
di vrowe givîlt avir iren dûch.
vil volchis woldi si ane bedin;
si bigunde up hôr tredin,
205 si sprach '*ich* inwil is nimmer lôn inphân:
danc sî gode, dî iz hât gidân,
dî durch di sunder in di werlint quam

---

178 noch he inhortho 179 hende 180 do 181 antlizze, bracht 182 ob, vor 183 mith, saltuz 184 woltus 186 mit dir gideilit] dir *strich* G^1 187 wrt, giborn 188 got *Hs*, irkorn 189 ub 191 duch *Hs* 192 wrme 193 ub 195 daz antlizze, sin, gitwanc 196 spranch 197 gehile] *Pf* 198 driezzich iarich 199 Do 200 kunic 201 druch *Hs* 202 gihilt] *Hpt* 203 bethin 204 treden 205 iz 206 danc iz g., gitan 207 di durch di werlīt sunder in di werlt

undi an dir megide vleisch nam,
undi wart giboren âne sunde
210 undi gvan unsir natûren kunde;
den di juden hânt gimartilôt
und *dê* an dem crûce leit den dôt
und des dridden dagis up irstunt,
dû he di alden vêde hadde versûnt, |
215 undi des vircigistin dagis up zů himile screit.   (Hs 109)
noch is he allin den bireit,
dî gnâdin an in gisinnint
undi des mit ôtmûde biginnint.
dat is giner, dî dir gnâdi hât gidân;
220 nû mûze iz dir nâ heile irgân'!
Der kunich got lovin bigan;
he sprach 'nu râdit, vrunt undi man!
heizit mir saminin zvâ scharen:
mit mîme sune wil ich ovir mere varen.
225 dat di juden mit Jêsus hânt gidân,
dat sal in an ir levin gân,
of mich lêzit der dôt'.
iz wart gidân, dat hê gibôt.
der kuninc was schîre gireit,
230 he hûf sich uvir dat mere breit.
sîn here wart mir vil wale kunt:
des was drûzîn dûsunt
und drû hundirt unde zvêne undi drîzich man.   (G 28)
unde also he in dat lant quam,
235 di juden bigunden vor *im* vlîn.
dâ mochte man manichin vanin sîn
vor zvein rômischen scharen
alsô sigilîchi varen.

---

208 magide vleiz   209 giborn   210 nature kunden   212 unde an   213 tritden, ub   214 vehede   215 vircigis, ub, scrheit] *Pf*   216 ist   217 gisinnit   218 othmude biginnit] *Pf*   219 hinner, gitan   220 musis, nach   221 *kein Absatz*   223 heizzit, zva *Hs*   225 hant bigan   227 ob, leizit] lezzet G^2 228 was gitan   229 kunic   230 hub   231 was   232 druzien   233 undi, driezzich   234 daz   235 vor vlien] *H*   236 schin   237 r. heren] G^1 238 gidilich ivaren

11. Vespasianus.

Der kuninc sô zu Jerusalêm reit,
240 dat nîman widir in *in*streit.
di burch he sô langi bisaz, | (Hs 109[b])
biz ein wîf ir kint âz.
dû was di prophêcîe volgangen:
mit evenhôen undi mit mangen,
245 sô brâchin si di mûren,
si inmochtin nît langir dûren.
di juden vinc he mit giwalt,
di widiwe niwit des ingalt;
di hûs, dî hîz he nider slân,
250 der vrowen erve lîz man stân.
si brâchin si in den grunt
unde kêrden up den fundamunt.
sîn zorn sô up di juden draf,
dat man ir drîzich umbe ein ei gaf.
255 zîn gislethe man ir virsande,
di quâmin zu cinime gibirge zu lande;
di andirin wurdin virleidit
undi ovir alli di werlt verspreidit,
sô dat si nimmer ingvunnen math.
260 dat hadde ouch der prophêta vor gisath: ·
'alse der kuninc von der megide wirt giboren,
sô is alliz judisch rîche virloren'.
des vunden si urkunde gnûch,
bisêgin si di aldin bûch,
265 sô soldin si sich wal birichtin,
dat ich di wârheit dichtin.   ·
sô wilich ir nû stirvit, di is virloren,   (G 29)
iz insî, den got hâd irkoren,
dî des dûmisdagis irbeidit,

---

239 Der *(Hs)* kunic   240 widir in streit   242 wib   244 evenhoo   246 sine mochtin, dûren   247 mit der hant] G^2 248 uidiwe ninit   251 brachin *Hs*   252 ub 254 drizic, hei   255 zien   257 vurdin   258 verscheredit] G^1 260 vorsath   261 *Absatz*, Alse, kunic, giborn   262 alli, iudiz   263 gnûc   264 bischin, buch   265 si si wol 266 dichten   267 wilichir nu   268 is

Der wilde man.

270 alsi Endichrist di werlt vir | leidit   (Hs 110)
und des dûviles willin bigeit
unde Ênoch und Hêlyam irsleit.
di juden, dî dan levinde sint,
di werdint alli godis kint.
275 sô îlint si zu doufin,
deme dûvile willint si intloufin
undi bikennint di rechtin wârheit,
dat si ir irride heddin leit.

---

271 tuviles   275 dovfen   276 intlofin   278 ir birthe] ir irrithe *J. Grimm* bei G^1 het in

III. Van der gírheit.

Der heilich engil birichti mînen sin, (G 30)
want ich ein brôdich mennischi bin,
undi warde des ich dithen,
dat ich getswen birithe.
5 want iz is bezzir dan ein leich:
iz machit *ein* hardez herze weich,
dat sich wider got hât gisat.
nu hôrit, wat sente Paulus bat:

— — — — — — — — — —
10 — — — — — — — — — —
dat got sin herze mûste biweichen.
dar umbe sagin ich û von deme leiche,
dat iz nîman mit spotte verstê,
dê inmirche, war duse rede gê.
15 alse *is* des spottêres stêdicheit
alse de rîfe, die dâ zugeit:
di indar der sunnen nît gibeiden.
nu wil ich ûch warnen undi bireiden,
wî ir mugit ginesen undi stervin
20 undi ginesinde godis hulde irwervin.

---

3 worden dat 4 sich gezswe birichte] *Pf* 5 ist, leg 6 harde 7 gisazt
8 hort 13 is, spothe 14 hene mirche 15 alse des spothers] G^1 19 sterben
20 irwerbin

Der wilde man.

Van der girheit wil ich ûch kunden —
si gilîchit des meris unden —,
dî den mennischin bigeit,
alse | der wint dat mere deit. (Hs 110ᵇ)
25 he deit dat mere dîzen
undi alli wazzer dar în vlîzen;
iz inmach van der erden
nimmer givullit werden
biz an den jungisten dach,
30 undi als iz vurder nît inmach,
dat vůr sal iz versvenden, (G 31)
da midi sal sîn quali enden.
undi alsi di sunne und der mâni sînen lôn inpheit,
ouch des gires mannis dôt insteit,
35 den nîman irvullin inmach.
danne insît he nimmer dach,
alli gnâdi wirt im dûre
dâ di wurme levint in dem vůre.
dâ sturve he gerne undi is doch dôt;
40 ummir sal he lîden nôt.
dâ burnit dat vûr âne lit:
wî is dem armen den gischît,
dî hî sînim vleische sô virhengit,
albiz iz hin in dat vinsternisse brengit!
45 ei, wat sal deme manne mê,
dan dat he sich mit êrin bigê
unde minne gidult und ôtmût
undi lâze den armin ir gût?
sô is he wal giwerit
50 undi hêt sich wal ginerit.
he indarf nît in den winkel vlîn,
dâ der gir inmach nît gisîn.

---

23 der mennischi] *Roediger* 24 det 25 disen 30 nit vurder 31 diz v.
32 sin *für* hi G¹ 33 sin 34 unde gyres 35 den si niman 38 in den
39 sturbe, doc 41 fur, lith 45 eys 47 othmud 48 lasze 49 wol giheruit]
Pf 50 wol 52 gyr

III. Van der girheit.

Der heilige geist mûze uns lêren,
dat wir unse gimûde kêren
55 von | dem vreislîchin dôde, (Hs 111)
dat wir doch dûn sô nôde,
von der unsêliger girheit,
want si di sêle bidalle irsleit,
sô wan sich nîman vor ir inhûdit.
60 si ginit alse der hunt, dî dâ wûdit,
si is virgifnisse und ein vreise;
iz *is* reit, dat allir dir werlint vor ir eise,
want mit ir *is* al di werlt gitrôst.
he wênit, dat he suli werdin gilôst,
65 want hê durch minnir sculde (G 32)
virlôs sînis scheppêris hulde.
di girde vûdit di stolzheit,
si invûrit dikeine barmherzicheit.
deme giren inwirt ouch nimmer gnûge,
70 of im di werlt zû drûge
mit summiren gimezzen;
dar umbe hât got der girheide virgezzen.
wat halp Jugurthe sîn grôzer scaz
unde manig *guldîn* svaz,
75 den hê zusamme brathe
undi nît der sêle gidathe?
he hadden lîver dan den dôt.
des hadden di Rômêre iren spot,
want si inwurden ime nimmer holt.
80 sint wart ime dat rôde golt
alsô glûndich in den bûch gigozzin:
dû hadde he der girheide ginozzin.
Der gir inmach des armin

---

53 mûzse 57 unselger gyrheit 59 want sich 60 ginith, ẅdit 61 si is
(*Hs*) wirgifnusse 62 alli di, von, heisit] eise *W und G*² 66 virloz, scheperis
68 sine vriet 69 gyre 70 ob, verlt zutruge 72 gyrheide virgezsen 73 want]
*G*¹, grozser saz 74 manig swaz] *Spr* 75 brachte 76 sele *Hs* 78 uren
81 glundit 82 da 83 der armen] *Spr*

durch got nît | irbarmin. (Hs 111b)
85 den dâ hungirt undi vrûsit,
sîne varwe hê virlûsit.
deme armin inis nimmer sô wê,
der girige indenke, wî ime des gûdis werde mê
undi wî he des biginne,
90 dat he sînis nâchebûres erve gvinne
mit wûchire undi mit luchurkunde.
dat erve *ervet* sunde,
dat ir nimmer bûze virsteit,
want dî iz bî zîde widerdeit.
95 wirt avir im di důre undirgangen,
sô is he mit einime stricke givangen,
di nimmer inwirt up gidân:
he sal iz argir dan der dûvil hân.
sô denkit der girige in sînim mûde (G 33)
100 'du salt dich wale lôsin mit dînime gûde;
du salt gevin zu cassen und zu clûsen
undi zu andiren godis hûsen;
du salt mit dînir wîshêde gidichtin
unde ein munster *unde* dûm stichtin,
105 dâ man vor dich bede biz an di nûne'.
da mide wênit he machen sûne;
undi alsi alliz *is* gischît,
sô inhilpit iz widir di girde nît.
. sô denket he 'du salt iz andirswâ irsparin,
110 du salt zu | sente Jâcobe varin (Hs 112)
mit dînir schirpen undi mit dîme stave
unde vort zume hêligin grave.
wirdis du vunden upme sê,

---

84 niet 88 gyrge 91 wûkire 92 ervet] *Pf* 93 dat dir, buzse widersteit] *Pf* 94 bi cide 96 ist, striche] *Roediger* 97 upgitan 98 dan *Hs*, tuvil 99 gyrge 100 wole 101 clusen *Hs* 104 unde ein *(Hs)* munster dun wirken] stichten *Spr* 105 do 106 wenith 108 niet 109 insparin 110 warin 113 ubme

III. Van der girheit.

du inkumis nimmer in helle mê'.
115 undi of ime dat got virhengit,
dat hê sîn oppir dare brengit,
dat he dicke mit unrechte gvan
an manichem armen, dî is ime ůvile gan:
dat oppir is godi alsô mêre,
120 alse îlîchin menschin wêre,
dat man ime sînin sun slûge
und ime vore drûge,
dâ he zu einir wirtschefte wêre gisezzen,
unde sprêche 'dit saltu ezzen'.
125 Wild ir hôren vonme dorne,
di sô sêre stichit vorne?
sô weme he kumit in sînen vûz,
im inwirt des wêwen nimmer bůz,
he sal is lange smerzin havin,
130 he inwerdi ime mit einir sûlen ûz gigravin.
sô sal he in virdeilin,
sô biginnit der vûz heilin;
di wîle he des nît inhêt gidân, (G 34)
sô můz he hinkindi gân.
135 di sûle bizêchinit den smerzen,
den der mensche hêt in sîme herzen, |
dat hê nôde bisteit. (Hs 112ᵇ)
alse he sînin wôchir widerdeit
a [undi alsi im got sendit in sînin mût,
b dat hê den armin widirdût],
sô is der vûz giheilit;
140 undi hêt he den dorn virdeilit
und virsmênt im alli gût,
sô is der sêle gibût.

---

114 du kummis · 115 ob, des 116 bringit 117 gwan 118 iz] *H*
119 ophir 120 ylichin 122 vortruge 123 wirscheffe 124 salthu 125 Vild
127 kummit 128 buz 129 smerzin *Hs* 130 he ni werdi uzgibragin] *G*¹
131 wirdelen 133 n. hin het gitan 135 bizechint, smerzen *Hs* 140 unsi he]
Pf 141 so virsment, gut *Hs* 142 iz, selen

38 Der wilde man.

nu mirket, wî sente Matthêo gischach,
dî den dorn rechti bisach.
145 he was ein harde rîche man,
doch hêz mit wôchere nît ingvan:
he hadde wessel undi tol,
allir werlde wŭnne was he vol.
zu der richêde drûch he zorn,
150 sô sêre vorte hê den dorn,
of he in gestêche,
dat iz got an ime rêche.
der girheide wart he irbolgin,
gode bigunde he volgin
155 undi lîz wîf undi kint —
wî selzêne dî nû sint! —,
dar zû silvir unde golt.
he wart im sô holt,
dat hê *in* zôch in sînin rât,
160 want he vonmi dorne giscriwen hât.
Di wilde man, dî dit dithit,
de is selve harde unbirithit.
sô wî iz îdoch im irgê,
ich wênen, he ummer gesê
165 undir di scharpen dorne, (G 35)
al hât hê mit zorne
har | de lange gilevit. (Hs 113)
iz is ouch recht, dî wider gode strevit,
dat he nimmer sichir ingê
170 undi dat der hagil sîn korn slê
undi howispringin ezzen, dat dâ blîve,
undi dat dâ nimmer sâme biklîve.
sô wen di sûze erde versmêt,
iz is alliz dôt, dat he sêt. —

---

143 Matheo 145 harthe 147 zol 149 zu *Hs* 151 ob 153 gyrheide
154 volge 155 vib 159 he zo] G^1 161 diteht 162 unbirichtit 164 wene,
166 bit 167 harthe 171 howisspringi 172 dat *Hs*, bilive] *W* 173 undi so,
vorşment 174 iş ist allis doch, seet] *W*

III. Van der girheit.

175 Wild ir hôrin van des rîchin mannis gardin,
dâ man der sûzer vruthe inne solde wardin,
dâ der dîf în biginnit gân,
wî man deme sal widerstân?
of he vride willit havin,
180 sô sal man wirken einin gravin,
dâ dat wazzir al inne stô,
dat nîman gelîche ovir gê.
dir grave bizêchenit den rîchin man,
dem got der sêlichêdi gan,
185 der di stolzheit irsleit
undi ôtmûde in sîn herze veit
undi weinit sîne sunde
undi willit si sîme prîster kunden
undi in sîme râde bistân,
190 wil he giwâre rûwe hân.
dat wazzir, dat 'in deme gravin steit,
dat is dat von dem herzen zů den ougen geit.
nochdan inhât hez nît vollidân,
he sal | einin zûn up den gravin slân (Hs 113ᵇ)
195 mit manigvoldigin stachin
undi sal in vil veste machin,
dat dâ nîman ovir climmin inmuge.
di wîle dat der man duge,
sô gê he zu godis dîniste gerne (G 36)
200 undi sî, dâ hê dat lerne,
dat hê sîn alimûsen geve
undi reine bihalvi sunde leve,
undi lâze sich der armin
durch den rîchen got irbarmin.
205 mit clêdiren undi mit spîsen
di sichin sal he wîsen

---

175 Vild 176 dat iz dâ man *Hs*, suzzer, varthin 179 ob, wilt 181 diz wazir alumbe 182 gehelicho 186 othmude, net] *Hpt und G²* 188 willint, sine, kunditt 191 wazir, stat 192 gat 194 ub, gravin *Hs* 195 stechin 196 vaste 201 alimuse 203 lazse, armen

undi virsmên alli îdilcheit.
dat is dir zûn, dî upe deme gravin steit. —
nochdan inwirt der vride nimmer gût,
210 he insî ovine mit dornin bihût.
undi alse der man dit hêt bistanden,
sô sal he zû grîfin mit beidin handen
undi sal den dorn avi howin,
dat *he* nîman inmuge crowin,
215 unde in up sînen zûn vlechtin:
sô bizêchinit hê den girechtin,
dî dat mit manheidi bisteit,
dat hê sîn unret widerdeit.
die erde, dâ der dorn upe stunt,
220 di wirt mit deme dowe virsûnt,
dat si dregit vruth, | der dir man wal mach ginîzin. — (Hs 114)
nu wil ich û den garden inslîzin,
wî iz der mennischi sal ane vâh,
of hê dar în willit gân.
225 wil he dâ mit vride levin,
he sal alliz widir gevin,
dat hê mit wôchere ginam
of mit luchurkunde gvan
an manne of an wîve,
230 dat nimmir penninc inblîve.
sint si avir irstorvin,
sô give he iz iren erven. (G 37)
alse he dit dan hêt gidân,
sô mach he sichirlîche gân
235 in den bivridden bôngart,
dî vorme dîve is biwart.
dî durch di grôze stolzheit
vîl in grôze arbeit,

---

208 dir *Hs*, stet 210 he ne si ovine *Hs* 211 bistan 216 bizechint
217 min 221 vruth der der dir, ginizzin 222 inslizen 223 anne 224 ob
225 leuen 228 ob, **giwan** 229 ob, wibe 230 pennic 231 irstorbin 233 tan
het *(Hs)* gitan 235 bivridten 238 grozze

III. Van der girheit.

nu mirchet, wî he mit Adâme ani hûf,
240 deme he zêrst durch sîne svelle grûf
undi rît, dat in got virstîz,
dû hê im mit logen wârheit inthîz.
vor disime widerwardin,
sô hât dis man sînin gardin
245 harde wal gidornit:
he inwirt nimmer gekornit.
Sô wî den gûden sâmin wille sên,
he sal deme heiligin geiste vlên
unde gevin sich vaste in sîni giwalt,
250 sô machit hê in wîs undi balt
· undi irmêret sîne virnusticheit,
dî di stolzhêt | dir nidir sleit. (Hs 114ᵇ)
spot undi hômût,
dî insint nîrgen gût.
255 der spotter bizêchinit den rîfen,
dî dâ vellit in den sîfen.
he inwirt nimmer gervet,
want hen di wirme stervet.
zu den schônin blûmin hâd he haz,
260 hê inmag nît dû baz,
he inhêt dicheine stêdicheit:
als in di sunni ani geit,
sô mûz he vlîzen in di bach.
he ingvinnit nimmer gimach,
265 albiz he kumit in den sê:
sô hât he ez arger dan ê. (G 38)
michil wirs sal der spotter gedîen,
der sich nît inlêzet virkrîen.
in der helle legit he fundamunt,

239 hup 240 deme he he, sines volle] B 241 virstiez 242 bit 243 widerwarthin 244 garthin 245 harthe wol 246 gezurnit 247 swi dem· 251 vurnusticheit 254 gût 255 spother levit uppime rife] gilichit *oder* lichit sich deme rifen Pf 257 he ni wirt 258 wen dat he di wrme] Roediger 260 di 261 in het Hs 262 al 264 ingvinnit Hs 265 kummit 266 dan Hs 268 inleiset

270 des wirdit sîn arme sêle wunt.
dat virgifnisse he an ime dregit,
sô wirt al sîn blût irwegit.
Der hômût zûgit dat luchurkunde,
dat is di mêste sunde:
275 iz inwirt nimmer widerdân,
hez mach wal mit deme mûrdere gân.
dî mit den ougen wenken,
si bizêchinint den howesprenken.
dî liget undi virzerit di vrut,
280 unde wil he sich hevin in di lut,
sô vellit he nidir in dat gras
dîfir, dan he ê was.
alse | lîchte kûmit dirre drîer val. (Hs 115)
da vor hûde sich menschenkunne al
285 und sô wê dit lese, dat hes ave stê,
ê in di sensine ovirgê.
di sensine bizêchinit den dôt:
di blûme sî wîz ove rôt,
sô wat si mit der wassi giveit,
290 alliz si dar nider sleit;
sô wirt ez zu ênime howe.
iz is wunder, dat ich mich ummer givrowe,
sint dat ich dise bôsheit ovir mir dragin.
unde werden wir mit disime netze irslagin,
295 dâ der dûvil den menschin *inne* geveit,
sô is unse lange arbeit
jêmirlîche zu ende kumin;
unsir chein inkan dem andiren *nît* givrumin.
wat hilpet den man di grôzi rîcheit?

---

271 virgifnusse, vor ime 272 si 273 hocmut 276 he mac vuol, ŵrthedere]
iz *Spr*, mûrdêre *Roediger* 278 owesprenken 279 virzert 280 so wil, lût
281 unde vellit, daz graf 283 kûmmit, dirre drier] dirre val *Spr* 285 unde
so wedit is dat 287 bizechint 288 wis obe 289 der *(Hs)* wrazzin 290 allis
291 enime *Hs* 293 bozheit 294 nezze irslagen 295 geweit 296 ist 297 ende
de kumin 299 grozzi

III. Van der girheit. 43

300 alse in der dôt der nider sleit, (G 39)
    mit ime invûrit hê nît mê
    wan ein hemide, wîz als der snê,
    unde einin lenimunt zu einir brûch:
    da mide man is dunkit gnûch;
305 dat andir lêzet he sînin kinden.
    wâ sal he herberge vinden,
    dâ hê girûwe di êrste nat,
    he inhavi sich bî zîde vor bidat?
    hĕt hê dat unreth widerdân,
310 dat sît he alliz vor ime stân,
    undi reine almûsen gigeven, |
    dat hilpit im êwiclîche leven; (Hs 115ᵇ)
    unde lêt he dem armen sîn dach,
    sô gvinnit he rûwe unde gimach.
315 unde inhêt he des nît gidân,
    sô mûz he umbe di stûle gán
    undir di druppen anme dach;
    he ingvinnit nimmer gimach.
    dî âne barmherzicheit levit als ein vî
320 undi sundet âne vorthe hî,
    der wirt ave worpin unde virslagin
    dâ hê sal weinen undi clagin;
    der rûwe is dan zu spêde.
    de nâwaledêde
325 helpent dem girechtin man,
    dê iz mit wôchere nît ingvan,
    dat id im zu staden steit,
    sô wat man ime nâ deit.
    [dâ alli sunde sulen blecken,
330 wî stênt den masilsutigin ir vlecke?

---

303 in einir] *Roediger* 304 mans 305 leiset 306 wo 307 nath 309 widertan 310 sibit 312 ime 313 leth, den 315 gitan 316 mùs 317 ane dag] *Hpt, Spr* 318 nigvinnit 319 ve 321 ane vorfin inslahin 323 iz 327 Di *(Absatz)* im id] *Pf* 328 was, im me nach 329 sule] *Spr* 330 vleche

alsô gibêret der gire man,
den nîman vollin gisadin inkan.]
Mirchet, wî der wazzirsutige deit:
alsô gibêrit ouch di girheit. (G 40)
335 dir gir inwirt nimmer vol sînis gidankes:
alsô indeit dir wazzirsutige sînis drankes.
sô is der girige jêmirliche geleidit
aldâ im alliz dat leidit,
dat he mit den ougen gisit.
340 in der helle | wirt ein michil strît, . (Hs 116)
dâ vlûchit der vadir sînime kinde.
he sprichit 'unsêlich ich dich vinde,
in dem beche mûzis du immir levin!
deme dôde hân ich mich irgevin
345 al durch dîne sculde,
ouch hân ich godis hulde
durch dînin willin virloren.
unsêlich wurdistu ie giboren!
du wêres virvlûchit, dû ich dich gvan,
350 want dich irbarmide nîman.
durch dînen willin wôchirdich gnûch,
da bî ich luchurkunde drûch.
di armen dvanc ich undir mich,
da mit sô ervede ich dich:
355 des sîn wir êwiclîchi dôt.
mochte ich nu sterven, des wêre mir nôt!'
Dit is ein jêmirlîch strît.
alsô der sun wider zu dem vadir quit:
'dat erve, dat du mir hês gigevin,
360 des mûzistu nôtlîche levin
in dem êwilîchin vûre;

---

331 gyre 332 gisagin kan] .G^1 333 *kein Absatz*, den wasilsutige det]
Spr 334 gyrheit 336 wasilsutige] *Spr* 337 ist, gyrge immergliche] G^1 gecleidit
338 leidet 339 gisiet 341 vatir 343 muzsis 347 virlorn 348 giborn 349 gwan
351 wochirtich 353 dwane 354 domit 356 sterben 357 ist 358 alse,
vatir quit 359 gigebin 360 da musistu dotliche

III. Van der girheit.

alli gnâdi sî dir dûre!
got gaf dir vunf sinne,
dâ wôcherdestu inne.
365 des indûchti dich nî nit gnûch,
dat dir di arme zû drûch:
des saltu mit wurmen levin,
di dir ummer hitze sulen gevin. (G 41)
dat sint nâderin unde kraden;
370 si | sulin dich girlîchin gisaden. (Hs 116ᵇ)
du wêre uns beidin unnutze.
ich deilin dir den helleputze —
dê is ovene enge undi nidine wît —,
dâ man nimmer vroude insît'.
375 Herane gidenke man undi wîf:
dit is ein unstêde lîf.
di girheit sul wir lâzen
unde dragin uns mit mâzen
undi minnen barmherzicheit,
380 dî alli bôsheit dir nider sleit;
undi gidult unde ôtmût,
dî machit unse sinne gût.
sô wê gode dînit, he wirt gikrônit,
der dûvil mit uvile lônit.
385 antwedirin wech mûzen wir gân,
di wîle wir di kure hân.
nu bidin wir di namin drî,
sô wat an uns wandilbêris sî,
dat he dat girûche stillen
390 und bineme uns bôsin willen
undi kêren an unsir sêlen heil.
sô wâ des heiligin geistis ên deil

---

363 wnf] G¹ 364 do 366 des dir 367 levin *Hs* 368 hizze sal] bizze sulen *Spr* 370 girlichi 371 beidin *(Hs)* unnuzze 372 helleputzze 375 *kein Absatz,* wib 376 lib 377 gyrheit, lazsen 380 bozheit 381 othmud 382 ŭns 384 der nu duvile dinit. mit ubile ime 385 muzsen 388 wandilberis *Hs* 391 hel 392 en *(Hs)* teil

6*

Der wilde man.

    gespringe an ein herze,
    dat *wirt* invengit âne smerzen,
395 dat wirt ein irwelit vaz,
    dâ inwanit inne nît noch haz.
    wat is danne dat da inne bûwit?
    dat iz allir der werelde, gitrûwit,
    want iz ouch nîmannen bidrôvit
400 unde wider got nî nît giôvit.
    wa mide wirt | dat vůr gibût?   (Hs 117)
    dat is gidult unde ôtmût.   (G 42)
    dâ is dir allirbeste mide,
    want *iz* binimit alle ovili side.
405 wese barmherzich widir dich selven nît,
    wêne dat ênime andiren zu uvile gischît:
    sô stîget dat wazzir durch di glût.
    si sint doch beide wal bihůt,
    want iz ouch under alle engile lûthit;
410 dat wazzer inhêt dat vůr nît givûthit,
    dî doch sint zusamini gimengit.
    da mide mûzin wir werden bisprengit,
    sô mugin wir âni wêwin
    kumen zu den êwin.
415 mit deme wazzere werden wir giwaschin,
    dat vůr birnit âne aschin,
    wan iz schînit, alsi di sunne deit,
    dâ si an iren eth duginden steit
    † de si numet dan eine en hât,
420 da mide si nû umbe gât.
    der hêlige geist hât du math,
    als uns di scrif vor hât gisath,
    dat hê dit alliz wal volbrengit,
    of imz di menscheit virhengit.

---

    394 wirt] *Pf,* inphengit 395 vas   396 do inwonit   397 waz   398 dat is alli] *Roediger,* gitruit] *Pf*   399 bitrovit   400 ninit girovit] *Pf*   401 womide uirt   403 dat is di] *Pf*   404 undi b.   405 unde wese barmhercich widir sich seluen niet] *Pf*   406 uene, zu *Hs*] *W und G*[2]   408 bihut   410 gibûtith] *W* 414 ewen   416 ezsin] *G*[1]   422 scriph   424 ob uns di] *Pf*

IV. Christliche Lehre.

Israhêl dat quîd 'got sînde'. (G 43)
des wâren di juden gînde,
dû si got gisande
ûz des Pharaônis lande,
5 dû her Moyses in dat | mere inslôz, (Hs 117ᵇ)
dat dâ ê mit grôzin unden vlôz,
mit cinir rûden, di dâ magit hîz.
und *dat* he iz avir wider lîz,
biz Pharaô da inne irdranc,
10 dat bizêchinit, dat dir dûvil virsanc,
dû in dir godis sun gibant
undi nam di sîne, di he dâ vant.
di rûde bizeichinit di magitheit,
dâ der godis sun durch von himile screit,
15 dû hê di menscheit ane nam
unde als umbiwollin von ir quam,
alse der bûsch, di dâ brande,
dâ her Moyses got inne irkande,
dû he selve widir in sprach,
20 dat hê dat holz grûne sach,
sô dat dat holz nî lôf virlôs.
dû hê de sumirladin irkôs,

---

4 uzsi 5 da, daz 6 grozsin 7 Ruden, hiez 9 bis 10 bizechint 13 Rude bizenchinit di maitheit 14 dur] *das* ch *in* durch *fehlt offenbar nur wegen Platzmangels auf dem Rande*, screith 15 da, menschit 16 umbewollin 17 bûz, brante 18 irkanthe ,19 da 20 daz, grûne waz 21 dis holz, lob 22 da he den

got gibôt im, dat hê si brach.
undi alsi hê si rechti bisach,
25 dû nam he si an dem ende
unde warp si von der hende:
dû wart si zu einime slangen
undi *quam* widir zu im gigangen.
dit was wundir, dat iz gischach. (G 44)
30 he hûf in up, alsi hê in sach:
dû was iz avir ên virga.
dat | was sancta Maria, (Hs 118)
dâ her Ysàias ave sprach,
dû hêz in deme heiligesten gisach,
35 dâ alli di prophêtin hânt avi giscrivin;
dat is der christinheidi blivin.
Ezechiêl eine porten sach,
von golde lither dan der dach
und von edilime gisteine.
40 si stunt bislozzin aleine,
·ein gizîrit kunine da durch reit:
dat bizêchinit di magitheit,
dû sich got wolde an ir nûwin.
des inwillint di juden nît gitrûwin,
45 want si ie wider dat reth stridin.
si gilouvint, dat ein jude quêmi giridin
durch eine porten, dî nît op *in*quam.
unde ouch an der êwe, dî her Moyses nam
giscriven an eime steine —
50 wisti si got veste undi reine,
sô hedde he iz an ein pergimint gisat,
dû is in her Moyses gibat —
dit gilôvint si alli âne undirscheit;

---

23 hene brach 24 sich r. 25 de nam 26 warf 27 do 28 quam] G^1
30 he vvin ub 31 abir 32 daz 33 ysayas 34 hes, heiligeste 35 dat alli
36 bliuen 39 undi, edilme 40 bislozin 41 gicirit kunic 42 da bizechint
43 da 44 niet 45 striden 46 girit - thin *Hs auf zwei Zeilen* 47 ni ob
48 von der 49 an sime] G^1 51 hethe, gisath 53 gilovitlin si, an undirseit

IV. Christliche Lehre.

sô wî si birithit, iz is en leit.
55 mit der herden dragint si ovir ein:
dat is di sâmi, dî dâ vellit up den stein.
he sprûzit, biz he grûne steit;
alsi im di vûchte avi geit,
sô mûz he dorrin âne vrûth.
60 dû in di spîsc von der lûth
quam | givallin als ein snê, (Hs 118ᵇ)
durch girheit nâmin si is mê,
dan in der êwarde sechte; (G 45)
dû virlurin si iz mit rechte.
65 ir inkein inkan dime andirin nît givrumin;
van dû inmag ir chên dar avi kumin,
dî dir immir zu gûde gidîe.
di sint an jêmirlîchin krîge:
mit sîndin ougin sint si blint.
70 hez is Endicrist, des si wardindi sint,
Messyas is in ungireit:
he was di kuninc, *dî* durch dise bislozzine porten reit. —
di porte, dî dâ bislozzin stcit,
si bizêchinit di rênicheit,
75 alsi dat reine herze bislozziṅ steit,
want dar nimmer bôsheit în ingeit.
du wîshêt hêt sich dar în gisat
undi gevit den besten dugindin stat.
dat di porte was gistcinit,
80 *da mide was di magit gimeinit.*
got sande ir sînen boden zu hant,
dî was Gabriêl ginant.
he sprach 'heil, Maria, sîstu,
vol der gnâdin bistu,

---

55 herthen 56 ub, sten 59 d. an ir hût] *W* 60 alsi du, luth 62 iz
63 ewe sichte] *G*¹ 67 di dir . . . . . icmir z. g. g.] *ein Teil der Zeile ausge-*
kratzt 69 Mit *(Absatz)* herzin ougin] *Spr* 70 wartindi 71 M. ist 72 kunie
durch 74 renichet 78 geucit 79 da 80. 81 *ergänzt mit Spr, der statt* got
aber he schreibt 82 sistu Maria 84 bistu der gnadin

50 Der wilde man.

85 al himilis here hêt dich bikant.
dir inbûdit di hôste heilant,
he wil sich an dir irnûwin;
des saltu wale gitrûwin'.
der heilige geist was undir in,
90 zu iren schedilin vûr he în:
dû wart der godis | sun gisat (Hs 119)
in der menschheide stat.
dâ mûste hê irvullin
sînis vadir willin.
95 âne vleckin si magit von ime ginas,
als di sunne schînit durch dat glas; (G 46)
dû was si mûdir undi magit.
si inpheit den sundir, dî dâ clagit,
si is barmherzich unde milde.
100 des gisinnit ouch de wilde,
de kundit û di mêre.
Jêsus dat quîd 'heilêre',
in hebrêischen heizit he Messyas,
want he got undi mennischi was.
105 'heiligiste heilige' hîz in Daniêl,
Ysâias 'Emânuêl',
dat sprichit 'got sî mit uns'.
dat is der gûdi gispuns,
der di cristinhêt zu ênir brûd irkôs,
110 da mit der dûvil virlôs
dat hê mit lugine gvan.
beide wîf undi man
wurden an deme crûce irlôst.
alsus hât uns der megide sun gitrôst.
115   Beati qui audiunt

---

85 het *Hs* 88 wole gitrven 91 undi wart 92 wisheide]˙ *Spr* 94 uillen
96 alsi, daz 97 da 98 si infeit ir sundirliche clait 99 barmherzic 100 wille
102 *kein Absatz* 103 hebreissen heiz he 106 ysayas 108 der brudigume
sponsus] gespuns *Pf* 109 cristinhet *Hs* 112 wib 114 irlost] *Pf* 115. 116 beati
qui verbum dei audiunt et custodiunt illud

IV. Christliche Lehre.

    verbum dei et illud custodiunt!
    iz is recht, dat wir *iz* û dûdin,
    want iz cristînen lûdin
    gescrivin is zu heile,
120 dat ein îwelîch mensche deile
    dem andiren, dat he gûdis kan;
    des vaz inwirdit | nimmer wan.   (Hs 119ᵇ)
    sô wî dat godis wort gerne hôrit
    undi zu gûde kêrit,
125 he is sêlich, of hêz bihaldin kan;
    des wirt gibût manich man.
    sô inmûz hez niwit *im* eine kumin:
    al dir werilde sal he vrumin.
    den dumben sal he birichtin undi lêren
130 undi alli sundêre bikêren.   (G 47)
    sô mach di gûdi sâmi biclîvin
    an manne undi an wîve;
    nimmer bôse vruth he gidregit.
    dî einime sundêre sîn herze biwegit,
135 di machit al himilisch here vrô.
    he leidit den dîfen burnen hô,
    dî von dem herzen zu-den ougen geit
    und di alden sunde ave dveit,
    dat si werden der sunnen glîch;
140 alsus machit man den armen rîch.
    mit der selvir duginde sul wir uns biwarin,
    dat wir eine zu himile nît invarin.
    Nu hôrit, wî Austri sprach,
    dû si hêrrin Salomônin zêres sach.
145 he kunde lutzil mê dan sî.
    si sprach 'prudens prudentî' —

---

117 is ist   118 is kistinen   119 gescrivin *(Hs)* ist   122 vas *Hs*   125 ob 126 wir gibuzzit manic   127 inmûs he   129 dem   130 alli siden ze nide Ke] *G*¹   131 gudin   132 wibe   133 gitregit   135 himilis   136 diffen   137 herze 138 undi, sunden   139 di werden   141 duginde *Hs*   144 zehers   145 hei₁ luzzil me wan   145. 146 *stehen hinter* 147, *umgestellt mit Spr*

Der wilde man.

da mide si in virsûchti —:
'de cini wîse des andiren girûchti'.
dit soldin alli di minnin,
150 dî sint von scharpin sinnin.
want | ich inhaldin ene nît vor wisen man, (Hs 120)
dî gûde liste alcine kan;
wan virborgine wîsheit
der sêle nît virsteit.
155 an weme si irstirvit,
sô dat si keine vruth irwirvit,
dem mochte lîver wesen hie,
dat he wêre dumbir dan ein vie.
Di wîsheit wil, dat man si deile,
160 want si gischaffin is zu heile.
si givit allin den dugenden mat,
iz inwirt ouch nimmir dugint vollibrat,
man innemis zu der wîsheidi rât.
he is sêlich, dî si givazzit hât. (G 48)
165 inde hât *he* deme dûvile widersat
undi nimit von der wîsheide mat,
dem wirt dat himilrîchi bikant;
van dû is si sapientia ginant.
Wir inmugin di wîsheit nît gvinnin,
170 wir inwillin di trûwe minnin.
Abraâm was di erste man,
dî der trûwin bigan.
des wolde got zu ime gân,
alsi drî engili gidân.
175 di bede *he* ane vor einin got.
dat was dat êrste *gibot,*
dat nû di cristinheit bigeit.

---

148 du eini wishe. Du andire gûte 149 minnen 150 schapin 151 eine 154 selen, vurrsteit 159 teile 160 vant, ist 161 math 162 is, nimmir *(Hs)* gude vollibrat] *Spr* 164 givassit 165 in hait, widersait 168 want di is, ginat 169 Vir, giwinnin 170 minnen *nach* 172 *widerholt* undi was der erste deme man. di dir truwen bigan 173 walde 175 bethe 176 gibot] G^1

IV. Christliche Lehre.

di hêlige drivel | dicheit, (Hs 120ᵇ)
di sûze sancta trinitas,
180 givit dir trûwin rât, als ich iz las,
want di wîsheit reichit ere di hant;
von dû is si trûwe ginant.
Wille wir di wîsheit ane bedin,
sô mûzen wir up di lêdiren tredin,
185 dî in den hôsten himel geit:
dat is di ôtmûdicheit.
si nimit der sunnin irin schîn,
si mach vil wale dat olei sîn,
dat man in di doufi gûzit
190 undi ummer inbovin vlûzit.
want des heiligen geistis rât
mit der ôtmûde stât.
dem is si gihôrsam,
von dû heizit *man* si obedientiam.
195 Dî dâ barmherzich sint,
dî sint alli godis kint,
wan got sal sich ovir si irbarmin. (G 49)
si trôstint di armin;
wanne îmanne misseschît,
200 des invrowint si sich nît,
want si mit der wîsheide sint.
dar umbe is dat gilucke blint:
iz deilit ungilîche
undi machit manigen rîche,
205 dî barmherzicheit nî ingvan
noch durch got nît gevin inkan.
nâ irin werkin in wirt gilônit,

---

179 sûzzo 180 is 181 wisseit 182 si wisheit ginant] *Pf* 183 Ville,
betin 184 mussen, uf, letiren dredin 186 othmudicheit 189 guscit 190 vluzit
Hs 192 othmude 193 des is si des g.] *Pf* 194 heizzit, obedientia 195 barm-
hertich *Hs*, doch ist c *und* t *zum Verwechseln ähnlich* 200 invrowit] *Pf* 201 bit
203 Irdeilit ungilucke] *G*¹ *und* *W* 204 undi] *Pf* 205 barmherze 206 hat
*G*¹ *ausgelassen* 2̣0̣7 noch irin werkin inwirt] *so die Hs*, nâ *Roediger*

Der wilde man.

alse got misericordiam gicrônit.
undi leidit si vur di wîsheit
210 aldâ ôtmûde steit,
dâ vindit man hoffinunge | unde trûwe. (Hs 121)
si levint âne rûwe,
ir îwilich bî deme andirin lit,
si inkunnin sich giscêdin nît.
215 alsus wirt in ir lôn gigevin;
si sulin êwiclîche levin,
vrû undi spâde di vrôdi nimmer zugeit.
alsus leidit si di wîsheit.
wan ich inheizin nîmannin rîche,
220 he inleve êwiclîche.
des helpe uns pater et filius
et spiritus sanctus.
Amen.

---

208 also 209 wur 210 otbmude 211 offingē] *Spr* 212 a. levit] *Pf*
213 Iir iliclich 214 nict 215 uirt 216 ewicliko 218 visheit 220 hene leue
ewiliche 221 helfe 222 AMeN. *hierauf folgen noch vier Zeilen des rhfrk.
Schreibers der Vorlage der Hs:* di dit buch giscribin hat, gibussin muse be
sine missetat undi immer ewiliche bisizzin dat himilriche. Amen.

V. Di vier schîven.

Alle di dâ sint gidouft, (G 50)
di unsi hêrre widere hât gikouft,
got der vil gûde
mit sînime unschuldigen blûde,
5 di sulin vlîzigin dar ane,
dat di minne an irime herzen wane,
dî got selve gibôt,
alsi di apostile hânt gihôt,
dat sî allir dugindi aniginne,
10 dat man got mit herzen minne
undi unsi nêstin uns selvin glîch;
da mide kumin wir zu himilrîch.
dar leidint uns vîr strâzin,
di insulin wir *nîmannin* unkundich lâzin.
15 ich wênen, dat iz sente Paulis rât sî;
he sprichit 'in caritate radicatî',
dat wir *alsô* mugin virstân:
'in der minne sulit ir wurzelin inphân'. (Hs 121b)
wilich sî di dûfe undi di lenge,
20 war uns di brêde undi di hôe brenge,
dat sagin ich û mit ênim worde:
dat sint des heiligin crûcis vier orde,

---

2 unsir 4 unsuldigen 5 vlisigin 6 irme 8 gihoit 11 selbin 12 kumin *Hs*
14 wir uns nit unkundit lazsin] *Pf* 15 wene, is 17. 18 *umgestellt* 18 he
sprichit in, vurcelin 21 enin worthe 22 orthe

dâ man unsin hêren ane hinc,
dû he *di* vier ende der werilde zu ime vinc.
25 Wild ir nû gidagin, (G 51)
von den vîr enden wil ich û sagin.
si wârin wîlin vor gisagit,
sô Salomôn in canticis canticorum clagit.
wild ir wizzin, wat di clagi sî?
30 Salomôn sprach 'nescivî',
dat quîd, hê inwistiz nît.
'wî is mir nu sô gischît?'
nochdan clagit hê mê:
'animus meus conturbavit mê',
35 dat quîd 'mîn mût hadde mich bidrûvit,
dat hân ich nû êres giprûvit.
nû bin ich kumin an den rechtin stap
propter quadrigas Aminadap'.
dat quîd 'von Amminâdabis reitwagine'
40 is uns ein deil zu sagine.
Amminâdap was
mâch des grôzen Jûdas;
ein vrowe wart ûz ir zvêir | gislethe giborin, (Hs 122)
dî hadde got zu einir mûdir irkorin.
45 Amminâdap was ein man von grôzir math.
alli di sturme, dî he vath,
di vat he alli mit sinnin undi mit witzin,
undi inwolde nimmir von sînime reitwagine gisitzin.
den zugen vier ros evinsnelle,
50 si haddin einin gûdin willen.
up vier schîvin ran di wagin:
dat gidûde wil ich û sagin.

23 unsiren 24 *in derselben Zeile rot* Von der vier Enden. 25 Vild
28 canticorum *Hs* 29 wissin 31 inwistis 32 ni *Hs*, nu *Hs* 33 noc dan
35 quit, mut *Hs* 36 daz, heres 39 Amminadabs ritwagine 40 iz is 42 des
grozsen Iudas mach] *Pf* 43 wirt eini vrowi usir zueir, giborn] *Pf* 44 d. g. z.
e. m. hadde i. 45 uas 47 die wathe, wizzin 48 gisizzin 49 evin snelle *Hs*
50 si haddin *Hs*, willin 52 g. unhele ich] *H*

V. Di vier schíven.

Salomôn, dê dâ clagit,
alsi di rede vor hât gisagit,
55 dat is di arme judischaf.
di clagit, dat ir î sô gischach,
dat inzît si nît inwiste
di vorzeichin von deme heiligin Criste: (G 52)
sô inhedde su nî dat ani gigangin,
60 dat he an dat crûce wêre gihangin.
Amminâdap, dî sô methich is,
di bizêchinit den heiligen Crist;
hê bizêchinit in alsamin
mit der dât undi mit deme namin.
65 der reitwagin, dâ he up saz,
dat is der cristinheide lithvaz,
der hêligin ewangelien lêre;
nît lith *in*is, des man wirs inbêre.
di vier ros, *dî* dâ vůr gingin (Hs 122ᵇ)
70 undi ir dinc sô einmûdiclîche ane vingin
undi den wagin sô lîtlîche zugin,
dat sint di *vîr* ewangelisten, dî nît inlugin
an worden noch an dêden.
des wart ir gebot vollestêde
75 undi bikant vil bireit
ovir al di wer*lint* breit.

Up vier schîvin lîf der wagin:
wilich di wâren, dat wil ich *û* sagin.
di ein was unsis hêren giburt,
80 des was uns allin sundêren durt;
dat andir was sîn heilich dôt,
den he leit vor al der werlde nôt;
dat dridde was sîn creftich upirstende,

---

56 dat dir 58 worzeichin 61 Amminadab, methic ist 63 bizechint
65 ub 66 ist, lithfas 68 is 69 ros da, gingen] *Pf* : 70 eimudicliche 71 l.
dunsin] *G*¹ 72 inlûgen 73 w. unde an 75 bircide] *Roediger* 76 w»]
Roediger 79 eine, unsin

Der phaffo Wernhére.

da mide *he* uns lôste von des dûvilis benden;
85 dat vierde was sîn wunderlîche hinnevart,
da mide uns der wech dare goffint wart.

Of nu des îman denke,
dat ich von mînim gidanke
di schîvin sus bigade,
90 di sî den seltir an einime blade,
wâ dâ giscrivin stâ
'vox tonitrus tui in rotâ',
dat quîd *'stimme* dînis dunris an der schîvin'.
wilt he *an* den wordin biclîvin,
95 biz hês zu grunde mûge kûmin,
he sît | wale, wâ ich *iz* hân ginûmin.   (Hs 123)
nu inweiz ich, of einich dunreslach
vreislîchir wesen mach,
dan der in dem ewangelio deit,
100 dê von deme urdeile gescrivin steit.
sô unse hêrre sprichit zu den leiden,
dî von deme lîve sint gischeiden,
'varit, virvlûchiden, in dat êwigi vûr!
di wanunge, dî is immir ûr,
105 dî den dûvilen is bireidit,
dar nâ ir hât gierbeidit'.
dî sich hî an sîn gibot nît inkêrit,
he wirt des dunreslagis irvêrit,
Nu inhât ir *noch* nît virnûmin,
110 wî dise vîr schîvin kûmin
zu den vîr sachin,
da von sente Paulus hât gisprochin,
dî doch alli sulin wizzen,

---

84 bende 85 sin *Hs* hinnewart 86 woe, e *schon auf dem Rande vor* 87 *rot* Von den vier Schivin. mit heile muzse wir blivin 87 ob 88 minim 90 sehe 91 wo, giscribin 92 tonitrui 93 stimme *H* 94 vorth in 95 hez 96 siht w. wo, ginumin 97 nu inweisch ich ob 99 ew. giscribin steit 100 urteile 101 zu *Hs* 104 ist 106 darnach, giherbedit] *G*¹ 108 des] den 113 wissen

V. Di vier schiven.

dî dat himilrîchi willin bisitzen.

115 Dî dûfe, dâ ich ave sprach,
di offin ich, sô ich verriste mach.
si triffit zu godis giburde.
ich wênin, *nit* î dîfir *in*wurde, (G 54)
dan dat ein magit gibar ein kint;
120 alsô bleif si immir sint.
nu inis nîman, dî des vrâgin biginne,
den dise dîfe nît virwinne. |
iz is ouch vremide von allin wîvin, (Hs 123ᵇ)
dat si giberen undi magit blîvin.
125 of iz kein mensche *in*mach gisîn,
wî dat mochti gischin,
sô mirkit, wî dat wêre,
dat si gibar unsin heilêre.
man lisit von kindin drin,
130 dî gidôdit soldin sîn,
undi heizidi einin ovin alsô,
dat di vlam slûch alup hô ·
nûn undi vûrzich elin;
da mide man si wolde quelin.
135 si machidin di pîne
widir unsime drethîne.
dû quam unsi hêrre in sînir zîrde,
undir in was hê dir vîrde
aldâ in deme vûre,
140 unde machidi in sîne math vil dûre,
dat iz andirs nît inwas,
dan als ein wunniclîche gras
bistrowit mit deme dowe.
dat bizêchinit unsi vrowen,

---

114 sulin bizizzin 118 wenis i diffir wurde 119 wan 120 bleip 121. 122 des biginne *(Hs)* vragin den, diffe 123 is ist, von in allin wiben 125 herze mac 129 kindirin 131 heizdi *Hs* 132 slûc divlam al uf 133 virzic elen 140 im 141 is 142 wunniclike 144 bizechint

145 dî dâ gibar âne sêr;
dat nigischach keinir mûdir mê.
âne list si di giburt inphine,
âne burden si da mide gine.
Di selve kuninginne reine,
150 mûdir undi magit eine,
si was dat allir êrste wîf,
di gode ie gilovidi umbiwollin erin lîf. (G 55)
dû dat giluvide was gidân,
an der ê | gebode mûste si stân. (Hs 124)
155 dat is bî den meisten:
dat du godi gilovis, dat saltu leisten.
hî mide was si givangin gnûch.
ouch was giscrivin an ein andir bûch,
dat si immir virvlûchit wêre,
160 dî in Israhêl nît gibêre.
hie ging it ûz deme spile:
des was allin kinden zu vile,
dat ir ein den râd vunde,
dat si iz bêdinhalf virwunne,
165 irin magidûm leistide, sô iz dochte,
und doch mûdir werden mochte.
soldi si in der rênicheidi vollestân,
sô inmochti si deme vlôche nît intgân.
wilich rât sal des giwerden?
170 des invant si nît hî up der erden:
solde ir ît da zû givrûmin,
der rât solde ir von deme himile kûmin.
Dû dachti got an sîne gûde
undi an dir vrowen ôtmûde.
175 he sande ir sînen boden zu hant,

---

146 ni g., mer 149 DI 151 daz, wib 152 umbewollin gloviti, lib 153 wat gidan 154 mûste *Hs* 156 godis glovis 158 bûch 159 dat he i., virvluchit *Hs* 160 ingibere 161 uz si deme 163 de ir den 164 si inbedintalf virwnde] virwunne *G*[1] 165 magitum 166 undi, werde 170 inwart, n. de ub] *Roediger* 171 soldir it dat zu 174 otmude 175 sine

V. Di vier schîven.

di was Gabriêl ginant,
dat si sich nît insolde schamin.
di vrowin grûte | hê mit namin; (Hs 124ᵇ)
he sathe di botschaf unsis hêren
180 unde sprach 'du insaltich nît irvêren
dir mêren, dî ich dir sal sagin.
einin sun den saltu dragin,
Jêsus wirdit hê ginant,
dat quid: he is unsi heilant'.
185   Des antwurde di vrowe mit grôzin zuchtin.
si sprach 'selzêne mich dat dûchte, (G 56)
soldi man mich mûdir nennin,
sô ich mannis nît irkennin'.
he sprach 'des wil ich dir biginnin,
190 wî du kint salt gvinnin.
der hêlige geist sal an dîme herzen gihirmin,
des overisten craft sal dich bischirmin.
geseginit bistu vor allin wîvin,
alsô is di vruth, dî an dir sal biclîvin'.
195 di vrowi sprach avir dû
deme engile gûtlîche zû:
'sô wat ich hôren an dînin worden,
dat mûze got selve volleborden'.
hie inphinc der gilouve du macht,
200 hî worthe di godis cracht,
hie schein di sunne durch dat glas
undi was doch alse ganz, als iz ê was.
Nu inweiz ich, wat îman zvîvilin mach. |
dî der esilinne gibôt, dat si sprach, (Hs 125)
205 dô dat rôde mere dede offin stân
und sîne holden da durch gân,

---

178 gruzte he si mit naminum *Hs* 179 boschaft 180 un spr. 181 dat ich dir sagiN sal 182 den du dragin sal 184 ist unsir 185 antwrde 187 neunen 190 guinnen 191 din 192 vorsten craf] *Spr* 193 wibin 194 bicliuen 197 wath 198 mûze *Hs* 199 intfinc 201 das 202 gans 203 Nune weis 204 giboit

7*

dê Aarônis rûden dede sprîzin,
dat man der vruthe mochte ginîzin,
sint si lange durre hadde giwesen,
210 sô wir in der alden ê lesen;
und dî des afgrundis diefe hât gimezzin
unde des himilis hôe nît inhât virgezzin,
di weiz ouch algireide
des ertrîchis breide
215 unde weiz ouch wale
allir dage zale;
dê dat selve hât gidân,
dat di vier elementa nî inmugin zugân,
undi si sô vaste hât gibundin,
220 dat si sich von ein nî inwindin;
dî dat selve hât gigevin,
dat du erde up dem wazzere mach svevin (G 57)
von aniginne sô manigin dach,
dat si gisinken nî inmach,
225 unde doch der trôn sô hôe umbegeit
unde der mâne der erden sô nâe steit
und sîn lith von der sunnin inphêt
undi der hitze nît inhêt;
dî dat selve hât gisat,
230 dat di sunne hât de middelstat
intuschin dem mânin und din sterren,
undi weiz aleine, wat dat werre,
dat si nît rechte alumbe ingeit,
alse der himil selve deit;
235 dê di sterrin sundir nenoit
unde aleine bikennit
ire | craft undi irin ganc, (Hs 125^b)

---

211 undi des, gimezsin 212 virgessen 213 veis 218 nine mugin zugen
219 gibunden 220 nine wendint] Spr 222 wascere mach Hs 224 nine mach
225 hohe 226 nahe stet 227 undi 228 hizze nine hat 229 gisait 230 da
mide stat] Pf 231 den mani undi (Hs) sterrin 232 weis

V. Di vior schiven.

sumilích kurt, sumilích lanc;
dê dâ zelit des meris grîn,
240 dat andirs nîmanne inis gischîn,
unde dar zû alli reginis trêne:
dat indunkit mich nît selzêne,
dê dis allis mach waldin,
dat he sînir mûder rênicheit hâd bihaldin.
245 Alsus leistide si iren magidûm gode
nâ der *alden* ê gibode
und wart vrî von des vlûchis drowe
unde is nû zu himilrîche vrowe.
si is celorum claritas,
250 si zîret den himil, alsi di blûme dat gras.
si is di êwige porte,
dir alle di werlint bidorte.
si is di rechte leidisterre,
ir gnâdi inis nîmanne zu verre.
255 si is rôse sunder dorn,
si is dûve sundir zorn, (G 58)
si is mûder der mildecheide,
si is spîgil der rênicheide,
si is rûm allis himilischis gisindis,
260 si is dochtir iris selvis kindis;
si gibar irin scheppêre —
dikein wundir inwêz ich mêre. —
dit is di dîfe, dâ Paulus ave sprach;
ich inweiz ouch, wat difir wesin mach.

265 Nu is zît, dat ich *û* bireide
alsô vile, sô ich | mach, von der breide. (Hs 126)

---

239 zeilit, griz] *Spr* 240 gischit] *Spr* 241 darzu *(Hs)*, t^ene 242 solsene
243 mac vualden] a *zum Teil und* c *ganz auf dem Rande* 245 magitum
246 nach, alden] *Spr* 247 undi 250 cyret, blume *Hs* 252 alsir allo, bidorthe
253 recte] rec *schliefst die Zeile,* e *zum Teil und* c *ganz auf dem Rande*
256 duve *Hs* 259 Rûm 260 ir s. 261 schepere 263 diffe 264 in weis,
diffiris 265 cit

64 Der phaffe Wernhere.

ich inweiz ouch nît alsô breit,
alse dat der himel unde erde umbeveit,
dat sich sô verre erstrecke,
270 dat *iz* zu der hellin recke.
sô ich mich allir rechtiste virsinne:
dat is des almetigin godis minne.
di is sô lanc unde sô breit,
dat si allir werilde is bireit
275 undi indeit nîmanne sô leide,
dat *si* ene dar ave scheide.
mê wê sich selvi dar avi drîvit,
dat is, dê dâ inbûzin blîvit:
andirs is si gimeine
280 ovir grôz unde ovir cleine.
dat dede he wale schînin,
dû he sich durch uns lîz pînin,
heilich mensche undi giwâr got.
he dulde hungir undi spot,
285 he wart gisteinit undi gijagit,
ane gispûen undi gihalslagit,
mit besimin lîz he sich villin:
dat dede he alliz durch unsin willin.
he wart gihangin als ein dîf:
290 inhedde *hê* uns nît vil lîf, (G 59)
hê inhedde iz nît giliden,
vůr den juden hedde het wale virmiden.
he inlîz sîne ougin *nît* virbinden,
als man deit den dumbin kinden,
295 sô man spottit mit den dôrin.
man slûg en zu den ôrin,
undi | hîz, dat he wîssagide (Hs 126^b)

---

267 inweis 269 verere strecche : 270 reiche] *Roediger* 276 dat hene draue 277 selvin dravi 278 in buzzin 279 andirs, *(Hs)* ist 281 dedir wale 282 do, pinen 284 Di dulthi 287 besmin 288 det he 289 al sein 290 liep 291 hene hede 292 W̊r den niden heddet wale] *W und H* 293 hene liz sin 294 alsin. deit] alsi man G^1 295 spotit bit 296 slugen in zu 297 wisagite

V. Di vier schiven.

den, di in halslagidin.
dit virdrûch hê bidalle.
300 sîne lavunge dat was galle,
di was vol unsûze.
si slûgin ime negile durch di vûze
undi in *den* selvin grûvin,
dî di negile in dat crûce hûwin,
305 dâ wurden unsi sunde bigravin.
dat wâpin sulen wir immir mit uns dragin,
dat is sô creftich undi sô starch,
dat man vor dem dûvile dicheinis bezziris inbidarf.
iz is des menschin hûde,
310 gizîrit mit deme blûde,
dat ûzir unsis hêrren wunden vlôz.
ez inwart nî zirheit alsô grôz,
iz is al dir werilde êre
und is leidere allir sundêre.
315 Zvâre sît des giwis,
dat dit di selve leidere is,
dâ di sundege Zachêus up steich,
dû ime unsi hêrre sîne schulde virzêch;
dit is ouch di selve stam,
320 dâ der dûvil den appil avi nam,
den he Adâme unde Êvin bôt;
da ane âzin si den dôt.
dat oviz eine vrûth drûch,
des wart uns allin *ein* leidir vlûch (G 60)
325 an | des menschin lîve. (Hs 127)
nu havin wir di arzidige
vor des ovizis ungisunde

---

298 di in den alslagitin] *richtige Stellung schon Pf, Sing. Spr* 299 bitalle 300 dit 301 unsuzzo 302 nagile, wzze 303 den] *Pf* 304 nagile an, huvin 308 dichein bessiris 309 is is 310 giscirit 311 uszir, vlos 312 cirheit 313 is ist 315 gwis 316 dat dat 317 ubsteith] *Spr* 318 do, virgab leich] *W* 320 apil 322 assin 323 abiz druch e. v.] *Pf* 324 ein] *Roediger* 326 avin, arcidie 327 von, ovzis

in den alden urkunden.
alsi dâ giscriven steit,
330 dû di israhêlische dît
in der wûstinunge lach,
dat *volc* der wûrm durch sîne sunde stach.
dî dâ virwûndit was, he starf.
dû des volchis alsô vil virdarf,
335 dû sûchte Moises unsis hêrren rât
umbe di vrêslîche dât,
of dat volc ît des mochti ginîzin.
dû hiez he einin kuppirînin slangin gîzin
undi gibôt, dat man den slangen
340 vor dat volc *hinge* an eini stangen.
dî von dem wurme wurde virhowin,
he solde den kuppirînin slangin schowin,
sô inmochtin di wunden nimmer sô vreislîch wesin,
he *in*solde ir harde wal ginesin.
345 Dise vorzêchin insint uns nît virsvigin,
want wir in der wûstinunge ligin.
dat dâ stichit der wûrm,
dat is des dûvilis stûrm,
dê dem menschin in sîn herze sendit,
350 dat he sich von sîme scheppêre wendit
undi vellit | in di hôvitsunde: (Hs 127ᵇ)
dat sint der sêlen dôtwunden.
dat hêlige crûce is di stange;
dat man vor uns hêt den slangen,
355 den man von kuppere gûzit,
dat is der milde sun, den man crûcit.
als dat kuppir in dem vûre wirt giprûvit,
alse wart unse hêrre in der martilunge bidrûvit. (G 61)

---

332 stach. starf] *G*¹ 333 virvndit svas he stach] *G*¹ 335 Moises] he
337 ob das 338 do, kupirin *Hs* 339 di slange 340 hinge] *G*¹ 341 vir de
houin 342 kupirin 343 nimmer solich werden] *Pf* 344 wol 345 virswigin
348 daz 349 deme, sendet 350 schepere 355 de, kupere 356 dem man 357
alse, kupir in den

V. Di vier schîven.

Sô weme der dûvil deit den slach,
360 dî zu der sêlin dôde werdin mach,
he sal îlen undi zowin
dâr he muge bischowin
di martile unsis hêrrin.
da sulin wir uns irvêrin,
365 dat he sô vile durch uns hêd giliden
undi wir dicheine bôsheit *in*hân virmiden.
wille wir uns rechti an deme spîgile schowin,
sô inhât uns der dûvil sô sêre nît verhowin
noch di wundi inmach nimmir sô vreislîch wesin,
370 wir insulin ir harde wal ginesin.
dat is umbe dat gidân,
dat di crûce vor uns in der kirchin stân,
dat wir sîne martile êren. —
nu wil ich widir an mîne rede kêren.
375 Dû unse hêrre an dat crûce wart gihavin, |
he bat si in mit drinkine lavin. (Hs 128)
he bat den gnâdin,
dî im di pîni dâdin.
sîn gidult dî was sô grôz,
380 der ouch ginir ginôz,
dî in in sîne sîdin stach.
dat sagit uns dî iz sach,
ein harde wârhaftir man,
der ewangelista sente Jôhan.
385 dat von unsis hêrren sîdin quam givlozzin,
des hât al di werlint ginozzin,
dat was wazzir undi blût.
iz *in*wart nie prasin alsô gût,
iz is allir arcidîge beste.
390 iz virdîligit di hantveste,

---

359 dut den slac 363 herren 364 irwerin 366 han 369 wesen 370 wol 371 gitan 374 nu *Hs* 375 Do 376 bat sich mit trinkine 378 pinin 379 sine 382 is 385 sithin, givlozin 388 iṣ 389 is iṣt 390 is virdiligit *(Hs)* diaṇtuuesṭẹ

da mide uns der dûvil woldi bihaldin;
des hât in got virschaldin. (G 62)
Di wunde an unsis hêrren sîdin,
si was vorkumftich an den zîdin,
395 dû Adâme der slâf ane quam
und unse hêrre von sînir sîden nam
eine rippe undi machidi ein wîf,
dat si beide wêrin ein lîf.
dat von Adâmis sîdin wart binumin,
400 dan avi is unsi vleischlîche mûdir kumin;
dat von unsis hêrrin sîden quam girunnin,
dan avi hât unsi gêstlîchi mûdir gvunnin
alsô vrîlîchi ledikeit,
dat si nimmer indere des dûvilis bôsheit.
405 noch | hadde hê des gidath, (Hs 128ᵇ)
di sêlin, dî wârin in sînir ath,
dat hê di wolde quelin.
unsi hêrri, di brach di hellin
undi nam dâ einin kreftigen rouf.
410 dû rou den dûvil dir kouf,
den Jûdas dede mit sînime râde;
di rûwe was alzu spâde. —
dit is du breide, dî Paulus meinit,
di minne, dî uns got hât bizeinit,
415 dat hê si an uns vinde;
sô sîn wir zu himile gisinde.

Nu mirkit von der lenge,
zû wilchir hoffinunge si uns brenge.
des inhân ich nît gilesen,

392 undi hat 393 sithin 394 vurkumptich, ciden 396 unde 397 ein
ripe, machiti, nuib 398 lip 399 sithin, binumen 400 abi, vleisliche 401 girunnen 402 dat hat, gestlichi *Hs*, giwnnin *Hs* 403 alsi, leidikeit] *Pf*
404 nimmer under des d. boshet] *Roediger* 405 doch 408 herrin 409 roub
410 rov, kůf 411 det 412 alze 414 bizeinet 418 zu *(Hs)* wilhil offinunge
419 inhan *Hs*

V. Di vier schiven.

dat ênich muge *virloren* wesen,
wan dat wir sulin up irstân,
als unse lôsêre hâd gidân.
dar nâ inwirt is nimmer ende,
zu wilchir hant hê giwende, (G 63)
425 durch vroude of durch angist.
nu sît, dat dat lang is!
dat man heizit 'immir',
dat inendit sich nimmir;
iz is ûz der mâze lanc,
430 iz inweiz dicheinis menschin gidanc.
doch is leidir lûde vile,
di des glôvin havin willen,
als iz lît in der erden,
dat iz nimmir levindich inmuge werden.
435 der dôt hedde dat zu | einime rechte, (Hs 129)
sô wen he an sîne giwalt brechte,
di inmochti nît wider kûmin.
dat hêt ime genûmin
unse hêrre, der hêlige Crist,
440 mit einir harde schônir list.
Di list, di sold ir mirkin
an einime bîspille, dat wir wirkin.
des is harde vil gischîn,
ouch weiz ich wal, ir hât gisîn,
445 wî der vischêre anime stade steit
undi den visch mit dem angile veit.
dat wil ich ûch biwîsen.
he gibougit imi ein îsen.
alse hê iz wale hât gibogin,

---

420 enichir muge uerden 421 dan, ub 425 ob 426 nu *(Hs)* siit, lanc ist *(Hs)* 427 heizsit immer 429 is ist 430 is inweis 432 hauint vile] *Spr* 435 hadde, zeuemine] *W* 437 dini mochti 442 wirken 444 we ich wol] *mit* wo *schliefst die Zeile* 445 v. di anime 446 vis, veith 447 willic 448 giboit einimi isen

450 sô hât he *iz* danni mit einis wůrmis vleischi bizogin.
dat wurpit hê in den wâch:
sô vlûzit der visch dar nâ.
durch di girigen spîse
virslindit hê dat crumbe îsin,
455 undi geit *iz* ime durch di wangin,
sô is he zuhant givangin;
dar kumit di angil durch gisloffin, (G 64)
des blîvit di girige kele immer offin.
Nu sold ir wizzin dat:
460 der hôe himil is di stat,
dâ der vischêre upe steit
undi den visch mit deme angile veit.
dat îsen is di godi | heit, (Hs 129ᵇ)
der crefte nît widersteit.
465 si irbouch sich durch ir gûde
undi zu unsir ôtmûde.
dar ovir was unsi vleischeit bizogin,
des wart der girige visch bidrogin;
zu deme âse wart im alsô gâ:
470 dat ingalt hê dar nâ.
dat mere, dat up unde nider geit,
dat is di werlint, di nimmer gisteit.
di visch, dî dâ inne verit,
dat is der dôt, dî dâ vil virzerit.
475 he inkan nichtis gischônen,
des wolde got von himili imi selvi lônen.
zu kampe gingin si beidi dû.
unse hêrre kêrde dat weichi dar zû
undi hîlt dat harde dar undir:

---

450 he danni bizogin mit einimis] *G*¹ 452 vluzzit 454 vir slindit *Hs*, ysin 455 iz] *Spr* 457 kummit 459 wischin wan] *G*¹ 460 hohe, ist 462 veith 463 ysen 464 wider insteit 465 irbouch sich] *das h und ein Teil des s ist jetzt ausgekratzt* 466 othmude 468 bitrogin 473 vert 474 doit, vircerit 475 bene kan 476 seluin 478 karthe 479 da inni] dar undir *Pf*

480 dat indedi nîman andir.
si plegint des al,
sô wî den kamp vechtin sal,
dat he sich da mide schûrit,
dat allir best vor den slach dûrit.
485 dat inwas unsime hêrren nît zu dûnne,
he was starc undi kûne.
dat hê den dûvil zu kampe gilocke,
sô vath he in deme krankin rocke, (G 65)
in unser blûder menscheit;
490 des bistunt in der dûvil vil gireit.
wiste he di brunnien | dar unden, (Hs 130)
he inhedde sich is nî underwunden.
he sach in havin semfte gimach,
dat hê inkeinir sterke inplach.
495 des woldi he sînis sûzin lîves gesmachin:
dat arnidin sîne kinnibachin.
si wurden ime sô wîden up gidân,
dat si ime ummir upin sulin stân.
Di visch, dâ wir avi hân gisprochin,
500 deme di kele sus wart zubrochin,
di hadde Jônam virslundin.
dû quam he wider ûz sînim munde
uver alsô manigen dach,
alse unse hêrre in der erden lach.
505 di visch bizeinit âni zvîvil
den girigin dûvil,
dî sich al der sêlin underwant,
biz hê den angil virslant.
di zubrach ime sîne wangen:
510 *dû wart hê givangen.*

---

482 *so die Hs* 484 beist 488 roche 489 unse blude 490 tuvil 491 her, bunnien dar inden *Hs*] G^1 493 avin 495 suzsin, gesmaben 496 arnidin *Hs*, kinibac- *auf der einen,* chin *auf der andern Zeile* 497 ubgitan 498 ubpin 499 vich 501 virslundin *Hs* 502 do, uider use sinin 503 wer 505 vich digenit] *W und Spr*

aldâ ime di kele wart *offin*,
dâ quam Maria Magdalêna ûz gisloffin
undi andir manich sundêre.
des weges have got lof unde êre!
515 noch was dat wundir grôz,
dû man Samsônem bislôz
zu Gazam tuschin den portin,
dar umbe want si in vortin.
dû stunt he up in der nacht
520 undi brach mit sînir | cracht (Hs 130ᵇ)
di porten beide nider —
di inhingen dâ nimmer sider —
unde lôste sich von des kerkêris nôt. (G 66)
dat vorzêchinde unsis hêrren dôt.
525 der dûvil wânde uns bihaldin an sînir giwalt:
gine porzen, dî dâ nidir wurden givalt,
stênt noch offin.
dâ kumint ûz gisloffin
di menschin zu dem urdeile,
530 sumilîchi zu quâlin, sumilîchi zu heile.
zu wilchir hant wir dan kêren,
dâ blîvin wir ummir mêre. —
dit is di lenge, dâ Paulus avi sprach;
ich inweiz, wat lengir wesen mach.

535 Von der hôe is uns zu sagine,
dat is di vierde schîve von dem wagine.
di bizêchinit unsis hêrren upvart.
schônir nî dichên inwart,
si inmochti ouch niwit hôre:

---

511 w. zubroch] *Zeilenschluss*, *Pf* 512 usgisloffin 513 manic 514 lob
515 Noc, das 516 dat man 517 zuzsin 518 darumbe von di si vorthin]
G¹ und Pf 519 dat he stunt, nath] *Pf* 520 brach he mit, craft 522 dine
hingen 523 kerkers 525 *Absatz*, vunde 526 Gine *(Hs)* porcen, wart 528
kummint us 529 die mennischin *G¹* 530 sumilichin *beide Male* 531 kerin
534 inweis, langir 535 ist 536 ist 537 bizechint, uffart 539 si mochti,
nv wit] nit wesen h. *H*

V. Di vier schíven.

540 si is inbovin der engile kôre.
　　dâ sitzit unsi natûre evinhêre
　　des himilis scheppêre,
　　dâ dînit al himilis gisinde
　　der êwigin megide kinde.
545 Vil rechti umbi midden dach,
　　dû dem dôde sînis rechtis gibrach,
　　unsi hêrre | mit sînin jungirin saz, (Hs 131)
　　beide he dranc undi âz.
　　sînin jungerin hê bival,
550 als ein meister zu rechti sal,
　　dat si von Jerusalêm nît ingingin,
　　ê si sîn gebot bigingin.
　　dû si dat gihôrden
　　von sînis mundis worden,
555 rechti umbi di selvin zît,
　　sô man di sunnin zu middime dage sît,
　　dû hûf he sich an des dagis lith (G 67)
　　zu allir der anesith,
　　den hez wale gunde.
560 ein wolkin quam an der stunde
　　undi inphinc in *in* den luchtin.
　　dû sîne jungirin des virdûchte,
　　dat hê sô wundirlîche dêde,
　　mit wîzir giwêde
565 sâgin si dâ bî in
　　dat wale mochtin zvêne engile sîn.
　　ir vorthi wârin si dû vrî.
　　si sprâchin 'viri Galileî' —
　　of ich iz rechti gisagin kan,
570 dat quîd 'Galilêisci man'—,
　　'wes wundert ûch sô sêre?

---

541 sizzit　543 dinit *Hs*　545 midde　546 do　551 ingingen　552 Ei,
bigindin　553 da si da gihorten　554 worthen　556 mittime, siit　557 hub
559 hes wol　561 in der luftin] *G*¹　562 do　564 wizsir　565 sahin　567 worthi,
si so vri] *Roediger*　568 galiley

in den selvin gibêrin
sal he zu jungist kumin widere,
alse he nû verit zu himile'.
575 Dise vart wart girûrit,
dû Hêlyas wart up givûrit
mit einime vûrigen wagine —
dar ave wêre uns lanc zu saginc.
Hêlyas ku | mit widere: (Hs 131ᵇ)
580 sîn mantil bleif hî nidene.
dat triffet zu den sachin,
dad he noch des dôdis *sal* gismachin.
unse hêrre hât sîn cleit mit ime genumin,
dat is di natûre, dî ime von uns is kumin.
585 di hêt uns sô geervit,
dat nimmer inkein instirvit,
dî dar girêchin kunne
zu dem hêmûde, dat hê hât gvunnen.
Alle dî nu zu ime willin varin, (G 68)
590 di nemen bilde bî dem arin.
dir are is der natûre,
in der luft mach he lange dûrin;
vor allen vogilin mach he hôe vlîgin,
dat he sîne ougin nimmer indarf smîgin
595 vor der sunnin sichte:
dat nigischît andirs dicheinime vlîgenden wichte.
di mûdir ir jungin vûdit
unde si sô lange bihûdit,
dat si ir spîse mugin ezzin
600 undi sich zu vlîgine virmezzin.
sô svingit der vadir *sich* bovin dat nest
undi lockit si dar ûz mit sînir list.

---

574 werit 575 girût 576 ub givûrt 578 ane wer 582 gimachin] gismachin *W* 583 Vnse, *Absatz* 584 ist kumin 586 inkein dot insteruit 588 zu deme, gunnen 589. lle di nu von ime] *Platz vor dem* lle *für ein* A *G*¹ 590 neime, aren 591 naturen 594 sin, indarf wᵇlisen 596 inschit 600 virmessen 601 vatir, nist 602 lochkit, dar us bit] loch *auf der einen*, kit *auf der andern Zeile*

sô wanne hê dan insevit,
dat sich ir kein zu vlîgine irhevit,
605 sô nimit hez dan in sînin vûz
unde vûrit iz, sô | he hôsti mûz. (Hs 132)
dit sint grôze witze:
he heldit iz gegin der hitze,
dî an dir *sunnin* is, —
610 dat deit hê mit sînir list —
undi sît ime an di ougin,
of iz di hitze mach gidougin.
inmag iz *si* dan nît liden,
al zu hant biginnit hez nîden;
615 sô missihagit imi di vûre,
want iz is gvunnen mit overhûre.
sô clemmit hê iz mit sînim vûze
undi lêd iz vallin unsûze,
dat iz zubristit upe der erden.
620 alsô inmach ir chein nimmir vlucke werden,
dî alsô werdint gizilit, (G 69)
dat di mûder mit einime andirin spilit.
sô wilich zu rechte wirt gvunnin,
iz inkêrit sîne ougin nimmer von der sunnin,
625 si mugin dat lith wal gidolin.
di sal der vader ouch zu ime virholin.
  Der arc gilîchit deme hêligen Criste,
wir sîn di jungen in deme neste.
di mûdir, dî uns vûdit,
630 dat is sîn gnâdi, dî uns hûdit.
dir vadir, dî uns minnit
urrdi inbovin uns svingit —

---

603 insevith 604 irhevith 605 nimith hes 606 vûrt is, mus 607 grozse wizze 608 heldit si] *Spr*, hizze 609 sunnin] *G¹* 611 imme, ougen 612 ob is, hizze, gidogin 613 si] *Pf* 614 alzi 615 Ŵre 616 vont is ist gùnnen mit overhuro 617 is, sinin vûzse 618 leidis, unsuzsq 619 is ze br. 620 valch werden] *H* 621 giscilt 622 mit deme a. spilt] *Pf* 623 vuillich, giwunin 624 is, sin 626 der ander ouch] *W* 627 DEr, kriste

Moyses sagit uns dat:
'sicut aquila provocat',
635 dat quîd 'alse der are locke
sîne jungiren zu vlucke',
alsô hât unse sceppêre,
der himilkonine hêre,
sîne vlugi | le gispreidit. (Hs 132ᵇ)
640 da mide hê uns leidit
in sînis vadir riche;
dar ledit hê uns algilîche.
Dir sunnin schîn is dat starche gibot,
dat uns gaf der giweldige got,
645 dat wir unsin evencristen minnen
mit herzilîchin dingen,
von deme uns leide is gischîn.
dî des nît inmach gisîn,
dat he dat gibot gileiste,
650 sîn mûdir is biwollin mit ênime vremiden geiste.
alli, dî dâ dûnt dat si willen,
di vûrint sich selven in di hellen
undi in der dûvili giwalt;
der is dâ vil manichvalt.
655 sô wê sich dar ane vlîzit,
dat *he* dit gibot in sîn herze slûzit, (G 70)
wî he ·sînem nêsten giliche,
di verit up zu himilrîche
in der engile chôre:
660 sô inmochte he nimmer hôre.

Nu hâd ir *di* vier strâzin,
di man nîmanne unkundich sal lâzin.

635 locket. 636 vlocke] *Spr* 637 scepere 638 h. konic herre 639 gispedit]
*G*¹ 642 dat leth] *Spr* 643 storcho 644 gäb, giweldigo *Hs* 645 e. kristen
647 deme dat uns, ist 648 immach 650 si, ist, geste 651 wellen 654 ma-
nicvalt 655 *Absatz*, vlizzit 656 he, vluzit] *H und Spr* 657 sine nehesten
658 vert vor zu 660 hoer 661 *kein Absatz*, Nu *Hs*, di] *Pf* 662 unkundic

V. Di vier schiven.

Dâvîd sprichit umbe di eine —
ich wênen, hê di breide meine,
665 sô ich mich allir rechtiste virstê —,
he quîd 'exaudivit me in latitudinê',
dat quîd 'in dir breide hôrde he di rede mîn';
dat mochte wale in der minnin sîn.
di lenge, dâ ich avir avi sprach,
670 dat is di sûze virdrach |
des almetigin godis. (Hs 133)
sô dicke sô wir virgezzen sînis gibodis,
sô ledit he uns zu bûze
mit inniclîchem grûze,
675 ê he uns mit sînir rechtin slê.
he sprichit 'convertimini ad mê',
dat quîd 'kêrit ûch ani mich,
sô sît ir ummir sêlich'.

Van einir dûfe hôrin wir zellin,
680 dat sî di quâli von der hellin,
dâ di unrechtin,
dî wider got vechtin,
ir schulde solin arnin;
dâ vor wil uns got warnin.
685 zu ime sô hât he uns gispanin,
dâ sulin wir immer mit ime wanin,
dâ sal uns der engile spîsi gisadin.
aldâ mûze *he* uns bistadin
durch sînir mûdir êrê! —
690 dit dithe der paffe Wernhêre.

---

663 einen 664 wene 665 rechtis 667 di br., mine rede] rede min *G*¹
669 abi spr. 670 dat suse 671 de 672 vergen] *Pf und Spr* 673 lesit,
buzsen] *Pf* 674 innicliker grúzsen] gruoze *Pf* 675 sinime 677 kerith 679 wir
horin zellin 684 warin 685 gispannin 687 unsich 688 muse, he] *Pf*, bistaden
690 phaffe WErnHERE.

Anmerkungen.

I. Veronica.

3 relatives Ortsadv. in Beziehung auf eine Person, vgl. I 298.
7 duget zu dugen, daher 'etwas Tüchtiges'.
8 is statt ir: Beziehung auf den neutralen Gedanken, statt auf das einzelne Wort. *is Gen. des Zweckes,* 'der soll seine Gedanken auf den hl. Geist richten, in der Erwartung, durch dessen Hilfe jenes Dinges teilhaftig zu werden'.
11 inde selten, nur noch I 601. IV 165?
13 ff. Man braucht nicht mit G¹ Samsônis zu lesen, obwol Gideon nicht gegen die Philister, sondern gegen die Midianiter stritt. Denn auch Berthold von Regensburg (Pfeiffer Bd. I 1 S. 37, 22) hat dieselbe Unrichtigkeit. C. Schmidt (in Ullmanns Theol. Studien und Kritiken 1864) weist auch sonst die 'wunderlichsten Irrtümer und Verwechslungen' in Bertholds biblischen Anführungen nach. Für unsere Stelle 'macht er nicht nur aus dem Lande Midian einen gleich benannten König, der über die Philister herscht, sondern er weifs auch, dass Gideon sie besiegte'.
17 es war übrigens die Eselin Bileams, vgl. Num. 22, 23 ff. und W. V 204.
19 duget und dugent wechseln auch ndd.
34 relative Attraction, vgl. II 48. III 3.
40 der Gebrauch von dâ *zur Verstärkung der Relation ist bei WM. und W. gegenüber anderen frk. Denkmälern besonders häufig.*
44 der Artikel fehlt immer in dieser formelhaften Verbindung.
54 nû idilkeide adverbiell 'auf weltliche Weise'. Denn idilcheit ist bei WM. der Gegensatz zu dem auf Gott und Heiliges Bezüglichen, vgl. zu I 489 ff. Wegen des adverbiellen Ausdrucks mit nâ vgl. II 220 und zu Iwein 7. 34. 7051. Die Stelle bedeutet 'da ich bisher stäts auf weltliche Weise gelebt habe': also lebte er erst jetzt als irgend eine Art Geistlicher.
78 so immer ohne Artikel.
81 vgl. I 389 f.
89 der Übergang fällt durch seine Schroffheit auf.
90 durch live *causal,* vgl. 93, sonst mhd. gewöhnlich den Zweck bezeichnend.
94 dûch sowol Masc. als Neutr., mnd. nur Masc.; vgl. Mnd. Wb. I 534ᵃ.

1. Veronica.

98 nicht seltener Übergang von der indirecten in die directe Rede.
104 'wohin, ich will es unternehmen.' Diese Bedeutung hat biginnen bei WM. und W. als selbständiges Zeitwort.
106 scriwen = scrîwen on 'male ihn'.
108 gerûmen hier wol so viel als 'treffen'.
113—132 rühren wol erst von WM. her und seine Quelle schloss wol 133 an 112. Die Worte he sprunge blive haben die Ausleger bisher in he in spr. bl. geändert und erklärt 'auf dem Sprunge bleiben = nimmer zu Ende kommen'. Vielleicht ist hinter diesen Worten ein lateinisches Citat zu suchen, welches dann mit 128. 29 in breiterer Fassung verdeutscht wird. Roediger erklärt sprunge als Adj. 'beweglich, in Bewegung'. *128* kann nicht eine blofs allgemeine Beziehung auf Lib. sap. 14, 16 'nemo enim sibi similem homo poterit deum fingere' und 15, 8 'et cum labore vano deum fingit' sein, wie v. Bahder will. schriben = 'malen' ist aufser 101. 106. 109. 128. 145 nur noch einmal aus dem Stricker belegt, Lexer II 795.
152 solche Wendungen an den Leser noch WM. I 239. 258. III 8. 125. 143. 175. 222. 239. IV 143. W. V 29. 52. 78. 127. 417. 426. 441 ff. 458. 661.
157 –170 scheinen erst von WM. seiner Quelle eingefügt zu sein. Sie verschleppen den Gedanken.
197 das eben erzählte Wunder ist also vor Christi Taufe gesetzt. Die Verbindung von I und II beim alten Dichter ist mithin recht ungeschickt.
200 aldâ sehr beliebte Anknüpfung.
204 längste Zeile.
208 vgl. III 387.
210 'die sich der Taufe unterzogen hatten.'
215 he = Jesus. Solche lose Anknüpfungen öfter, vgl, I 262. 407. 543. III 64. V 131.
233 und *279* sind die einzigen Paronomasien bei WM. Dazu steht he *234* in loserer Beziehung.
236 = V 277 me neben mêr 'aber, aufser, sondern'. Zahlreiche Belege im Mhd. Wb., besonders aber`ndd., wo es ganz wie nisi sowol nach Verneinungen wie in Verbindung mit Conjunctionen gebraucht wird. Vgl. Mnd. Wb. III 72 f.
240 offenbar ist der Teufel das Object, daher ist diese Stelle im Mhd. Wb. II 731 unter c zu streichen.
244 die Anknüpfung des Nachsatzes mit sô ist besonders bei temporalem Vordersatz bei WM. und W. beliebt.
250 f. nicht seltener Constructionswechsel. Vgl. I 414. 425. 476 ff. II 49 ff. Dem alten Dichter oder WM. zugehörig?
264 girheit 'das die Habsucht Erregende', das Abstractum statt des Concretums. Vgl. zu W. V 453.

275 'wenn du mich bekennen willst'.
280 diese Wideraufnahme des Subjectes ist nicht selten. Vgl. I 437. 483.
493. II 193. 274 (wo jedoch di steht). III 192 (wo dat). 220. 254.
IV 74. 196 (di). W. V 104. 333. 342. 348. Beim Object nur WM.
II 249. W. V 116.
302 das alsô ist nicht genau, denn nach Josephus wurden bei der Zerstörung von Jerusalem immer 30 Juden für einen Pfennig verkauft. Über den Gegensatz zu II 254 vgl. Einleitung S. XXIX Anm.
305 si statt man in 303.
318 vgl. über diese Formel Mhd. Wb. II 2, 573b.
325 der Binnenreim erregte unnötig Anstofs. Vgl. I 549.
327. 28 Schreiberverse?
329 möchte ich lesen der vondo (Knabe) inwart nit dâ virbrant.
342 verstehe ich nicht. Roediger erklärt: 'es wird, wie es scheint, das Zerspringen des Steines durch äufsere Gewalt als eine Folge innerer Erregung des belebten dargestellt'.
350 garst in der Bedeutung 'bitter' ist dem ndrh. (und ndd.) eigentümlich, sonst bedeutet es gewöhnlich 'verdorben, ranzig', Grimm, Wb. IV 1a, 1374. Vgl. auch W. V 300 f.
373 vielleicht ist in bighit noch die vollere, dem ahd. entsprechende Form zu sehen gegenüber Lexer I 271.
393 f. nemlich mit dem Flammenschwerte; er fürchtete einen feindlichen Angriff.
406 bûchizîde = mhd. (hôch-gezîte), einzige Stelle bei WM. und W. für angefügtes e. Ein solches ist aber sonst im Rhein. häufiger, ganz besonders in den hannöv. Marienliedern Haupts Zs. X.
416 dâ he saz vgl. di he dâ vant IV 12. Nur vereinzeltes Füllsel.
422 sie verstehen sich darauf, noch mehr auszusinnen.
426 man könnte vermuten inhavin, wodurch der Sinn bedingend würde.
429 f. Schreiberzusatz? Sonst ist wîs die übliche Form bei WM. (vgl. I 25. III 250), doch könnte man auch dumbe unde wîse schreiben.
435 die Vermischung von brennen und brinnen ist gerade den rhein. Denkmälern eigentümlich. Vgl. noch IV 17 gegen I 643. In den Marienliedern ganz besonders häufig. Vgl. Braune Zachers Zs. IV 264.
446 sich gibâgen eines dinges in der Bedeutung 'sich berühmen' ist mhd. sehr selten, mnd. dagegen ist bâgen, welches mhd. gewöhnlich 'streiten, laut schreien' bedeutet, synonym mit beroemen 'prahlen', vgl. Mnd. Wb. I 140b, wofür auch Mhd. Wb. I 76b ein Beleg.
448 wî temporal = 'als'.
467. 68 das in der Hs umgekehrte Reimverhältniss wie die mehrfache Vertauschung zweier Worte an derselben Stelle zweier auf einander folgender Verse und Ähnliches legen die Vermutung nahe, dass die von dem rhfrk. Schreiber so entstellte Urvorlage in abgesetzten Reimparen geschrieben

II. Vespasianus.

war, was vielleicht schon von den Dichtern selbst herrührte. Vgl. WM. II 154. IV 182. W. V 332 f.

469 ein in der Bedeutung 'einander' besonders md. und ndd.
471 dat='in dem Mafse dass'. Oder ist dâ zu lesen?
476 hier fehlt ein ho sprach, welches sonst eher überflüssig gesetzt ist. So I 228. 234. 368. II 42. 91. Entschieden zu tilgen war es II 47. Vgl. noch I 98.
485 'sie waren in ängstlicher Spannung.' Hendiadyoin ist bei WM. und W. selten.
489 ff. sie wollten *unterwegs* sich nicht über ihre *weltlichen* Angelegenheiten unterhalten, sondern dies bis zur Ankunft an ihrem Ziele verschieben. Vgl. zu 54.
500 diese concessive Bedeutung von alsô ist weder im Mhd. Wb. noch bei Lexer belegt, dagegen im Mnd. Wb. I 61a. Sie beruht auf dem al, welches auch dem mhd. al- öfter concessive Kraft verleiht. Engl. although, al-beit und ndl. und ndd. al 'quamvis' lassen diese Function als vorzüglich ndd. erscheinen. Vgl. noch Gr. III 286 und Mnd. Wb. I 48b.
546 zu sich vgl. die 'allgemeine Regel' Gr. IV 320.
548 obwol ich wise mhd. sehr selten ist und für WM. und W. nur hier vorkäme, so liegt doch diese Vermutung Sprengers nahe. Vgl. Lucas 24, 36 'nolite timere, ego sum'.
579. 80 scheinen Schreiberglosse.
[606 übersetzt G¹ 'ihr sollt in Demut verharren', fasst also irbalden als 'übermütig werden'. Allein es bedeutet nur '(den nötigen) Mut fassen'. Deshalb schreibe ich mit, mide und übersetze 'ihr sollt euch am Paternoster ermutigen'. Roediger.] Vielleicht liest man dann noch besser ir sulit úch da mit irbalden?
647 f. muss das 'et coeperunt loqui variis linguis, prout Spiritus sanctus dabat illis' Acta ap. 2,4 widergeben.
653—60 ein Zusatz WM.s zu seiner Quelle.

II. Vespasianus.

3 neben der für WM. anzunehmenden Form kuninc, wofür die Hs meist kunic (aus kunī̄c?) zeigt, findet sich dreimal kunich (II 134, 189, 221).
18 Die Verneinung bei WM. und W. ist gewöhnlich die doppelte. Der Gebrauch derselben sowol in Haupt- wie in abhängigen Sätzen richtet sich nach folgenden Regeln: A) es steht nur starke Verneinung, wenn das verb. fin. aus einer einfachen Zeit besteht und zusammengesetzt ist, aufser bei gvinnen wo die Vorsilbe gi- ganz eingegangen zu sein scheint. In den rhein. Marienliedern Zs. X stets doppelte Verneinung. B) die schwache Verneinung genügt nur bei nachgestellten consec. oder condic. Nebensätzen, wenn zugleich die Conjunction fehlt; vor wizzin in ganz

kurzen Vordersätzen, auf welche ein abhängiger Fragesatz unmittelbar folgt; bei negativen Ausdrücken (II 144), bei noch (—noch), in ganz kurzen abhängigen Aussagesätzen (II 42), und wenn das Zeitwort in verneintem Sinne durch dûn wider aufgenommen wird. Die meisten der Fälle unter B sind allgemein mhd. Gebrauch, vgl. Wackernagel in Hoffmanns Fundgr. I 269 ff.

35 statt he sollte man niman erwarten.

70 wir haben es hier offenbar mit apokopierten Part., nicht aber mit reinen Inf. zu tun. Letzterer könnte nach Verben der Bewegung nur den Zweck bezeichnen, während das Part. blofs eine adverbiale Bestimmung gibt. Über die Abschleifung des Part. praes. vgl. Weinhold, Mhd. Gr. § 373 und 401. — Ganz ähnlich Kaiserchr. 721 f.

150 gisvâsheit muss hier so viel wie 'Abgesondertheit, Ungestörtheit' bedeuten, also 'da lebten sie ungestört, unbehelligt'. Mhd. nur drei Belege bei Wernher v. Elmendorf für 'Heimlichkeit', vgl. Mhd. Wb. II 2, 766ᵃ. Aber ahd. auch 'familiaritas', Graff VI 905.

[161 ist die Athetese leider wider den Willen des Herausgebers stehen geblieben. Er hält den Zusatz des Praesens geit zu dem durch den Reimzwang hervorgerufenen vlôz sachlich sowie wegen der geographischen Kenntnisse des XII. Jhs für notwendig und hebt hervor, dass die Schreiber nicht goit, sondern gât gesetzt haben würden. Mich überzeugt das nicht. Roediger.]

166 gemeit als Beiwort zu Tieren und Sachen ist mhd. sehr selten; vgl. Mhd. Wb. II 1, 131ᵇ͜ und B.

188 gewöhnlicher zu einime vrundi; vgl. V 44.

227 'wenn der Tod es mich ausführen lässt'. Über die Ellipse zu V 539.

237 wegen der Textgestaltung vgl. 223.

238 gêheliche G^1, giteliche W, gediliche H. Man könnte auch an sigeriche oder degenliche denken.

243 Christi Prophezeiung Matth. 24,2. Marc. 13,2.

[255 f. beziehen sich wol auf die Sage von der Wanderung der zehn jüdischen Stämme nach Indien. Vgl. Andree, Zur Volkskunde der Juden S. 240 f. Roediger.]

[267 ff. für die Textgestaltung bin ich verantwortlich. Ich verstehe: der Jude, der jetzt stirbt, ist verloren. Nur die, die Gott dazu erwählt hat, dass sie den Tag des Gerichtes abwarten, zur Zeit des jüngsten Gerichtes leben, werden alle Gottes Kinder. Denn sie lassen sich eilig taufen usw. Worauf diese Ansicht beruht, weifs ich nicht, finde auch nichts darüber bei Schönbach, Altd. Pred. III 168, 15 ff., wo mir nachträglich eine erwünschte Parallele begegnet: die boten daz ist Enoch unde Elyas. wan die choment an den jungesten citen, swenne der Antichristus erslagen wirt, die sagent denne dem kunige diu guoten niwi mære. wan von ir zeichen unde von ir lere werden die juden alle an den jungesten

citen also getoufet unde bechert, daz in got denne git den ewigen segen unde lip. *Zum Kampfe mit dem Antichrist vgl. Zarncke, Ueber Muspilli S. 213 ff. Roediger.]*
278 *Jac. Grimm setzt* irride *und vergleicht ahd.* irrida *'haeresis'. Aber dieses Wort ist mhd. nicht mehr nachweisbar, obwol es doch gerade rheinisch sehr gut denkbar ist, weil die frk. Mundart eine Vorliebe für die Bildung auf* —ede *hat (vgl.* sûchede *II 10. 291). Wir fanden aber I 373 auch das dem Ahd. entsprechende* bigiht. *Sonst wird mhd. und nd.* irrcheit, irretuom *gebraucht, einige Male jedoch auch* irrât, *sodass an unserer Stelle auch* ires irrâdes *oder* irer irrêde *möglich wäre.*

III. Van der girheit.

8 *ff. für welchen (Spötter?) bittet Paulus Gott, dass er sein Herz erweichen möge? 11 ist offenbar die Übersetzung eines in V. 9 oder 10 enthaltenen lat. Citates.*
30 *über die Ellipse zu V 539.*
32 quali *ist nicht =* quâli *'nie ruhende Begier', wie v. Bahder erklärt, sondern das mhd. nur bei Lexer (II 314) in einem Beispiele (Heldenbuch K. 394,35) belegte mnd.* qual *'aufgestautes — oder eigentlich aufquellendes — Wasser'. Vgl. Mnd. Wb. III 395b.*
51 *f. vgl. 315 ff. [52 sollte aber lauten 'wo der Habsüchtige seinen Platz erhält'! Roediger.]*
74 swaz *nur belegt Karlmeinet 4,12. 340,65. Die Bedeutung ist noch unklar. Eine Beziehung zu mhd.* swaz *'Geschwätz' in der concreten Bedeutung 'Gegenstand des Geredes, der Prahlerei, des Prunkens', wie sie* ten Doornkaat Koolman, Ostfries. Wb. *III 374a unter* swat *in der Bedeutung 'Pracht, Gepränge, Prunk' für wahrscheinlich hält, ist doch sehr unsicher, obwol analoge Entwickelungen, wie z B. bei* mære, *die Vermutung unterstützen.*
80 alsô *gibt zwar einen Sinn, nämlich 'ebenso glühend wie das rote Gold dh. rotglühend', aber ich möchte doch* al *vorziehen. [alsô verstärkt nur, wie II 238. Roediger.]*
93 virstân, *welches ich mit Pf hier lese in Hinblick auf IV 154, hat an diesen Stellen wol den aus der mhd. md. Bedeutung 'jemandes Stelle vor Gericht vertreten, ihn verteidigen' entwickelten Sinn von 'helfen'.*
101 casse *aus lat.* capsa *'arca, theca, cista, ubi aliquid reponitur, gall. chasse. Proprie vero est arca, in qua reconduntur sanctorum reliquiae' (Du Cange II 144c). Nebenform ist* capsia *(II 146a),* cassa *(II 204), selten* cassia *(II 206a). Aus diesen Formen entstanden* kafs(e), kefse *und das seltene* casse, *vgl. Lexer I 1493 f. 1527. Mnd. und noch ostfries. ist eine Vermischung mit* kaste *eingetreten, wie die Formen* kast -e, kass *beweisen, vgl. Mnd. Wb. II 433a,* ten Doornkaat Koolman *II 182 (dessen etymologische Herleitung aber unrichtig ist).*

84 Anmerkungen.

104 dûn *wird bei* WM. *und* W. *nie zur blofsen Umschreibung gebraucht, vgl.*
I *35.* 87 f. II *81.* III *25.* W. V. *207. 281, also nur in der Bedeutung*
'efficere ut'. *In andern rhein., namentlich in* köln. *Denkmälern ist jedoch* dûn *auch nicht selten in ersterem Sinne verwendet, vgl. die Belege bei Meinerich, Die Sprache Wierstraats S. 65, dazu aus den Marienliedern des Ahrtales Haupts Zs.* X *106, 10* ich sal dich die sachen dûn vernemen.
Lachmann, Nfrk. Bruchst. III *289* inde (si) wilt dûn nemen eren lif.
munster unde dûm, *wie ich vorschlage zu lesen, wird auch in Konrads Alexius 518 verbunden, andererseits ist in den Nib. und sonst* tuom *oft gleichbedeutend mit* münster.

111 schirpe *die dem Pilger um den Hals hängende Tasche, belegt nur aus Karlmeinet 259,49 als st. Fem., vgl. Lexer* II *758.*

120 ff. spielen wol auf das Mahl des Thyestes an.

*138*a. b *schon der (frühestens an der Grenze des Nmfrk. und Smfrk. mögliche) Reim* dût: mût *gegen sonstiges festes* deit *macht diese Zeilen höchst verdächtig.*

[164 doch wol nummer. *Roediger.]*

179 beachte man den Subjectswechsel.

202 bihalvi *eigentlich 'zu beiden Seiten', sodann 'aufser, abgesondert von, ohne'. Schon ahd. belegt, ein vorzüglich ndd. Wort, wo es sich noch heute findet. Vgl. besonders Ostfries. Wb.* I *131*a *f.*

206 wisen *'sich jemandes annehmen', gewöhnlich aber mit Gen., nur einmal ist der Acc. belegt; die Construction an unserer Stelle dagegen steht für sich. Vgl. Mhd. Wb:* III *763*a.

211 bistân *'etwas unternehmen' ist mhd. und mnd. fast nur in dem Sinne 'etwas Schwieriges versuchen, wagen' gebräuchlich (Mhd. Wb.* II*2,579*a. *Mnd. Wb.* I *283*a*), während hier nur eine sehr abgeblasste Bedeutung angenommen werden kann.*

228 f. of *in der Bedeutung 'oder' erscheint auch noch* I *542.* III *228. 229.*
W. V *425 und als* ove III *288. Über das Verhältniss von* ofto of *zu* oder *hat zuerst Busch in Zachers Zs.* X *397 gehandelt. In den Moselgegenden gilt auch in Urkunden, welche vom Obd. ganz unabhängig sind,* oder *neben* ofto of. *Sievers, Die Oxforder Benedictinerregel S.* IX, *will die Formen* aber ober obe *auf die Wetterau und Nassau beschränken, während sich linksrheinisch nur* ave ove of *fände. Doch weist John Meier, Die Sprache der Iolanthe S. 17 einige* abir *auch moselländisch nach. Bemerkenswert ist* of *im Arnsteiner Marienleich* X *23, was dieses Denkmal den bisherigen Annahmen entgegen auf das linke Rheinufer versetzt, wozu auch vieles Andere eher stimmt, als zum rechten Ufer.*

240 die Erklärung dieser Zeile ist durch v. Bahder gegeben, der aus Eracl. ed. Gräf 4018 ff. und dem König vom Odenwalde (Germania XXIII *306. 497 ff.) belegt, dass* under *(auch durch?) die* swellen graben *bedeutet 'einbrechen'. Dazu ist noch Eracl. 2542 ff. die* wende undergraben *zu ziehen. Das Bild vom Zaune wirkt noch nach.*

III. Van der girheit. 85

246 die Lesung der Hs gizurnit ist schon deshalb äufserst bedenklich, weil zurnen nur intrans. belegbar ist; dazu bleibt der Zusammenhang unklar. kornen ist einmal bei Lexer I 1682 als 'mit Körnern locken' nachgewiesen. Dazu vgl. noch Grimm Wb. V 1822 f. Es kann ganz wol die abgeblasste, allgemeinere Bedeutung von 'locken, versuchen' annehmen. Dann würde der Sinn unserer Stelle sein 'er ist keiner Versuchung (durch den Teufel) ausgesetzt'. Vielleicht aber ist dieses kurnen kornen von kiesen abzuleiten, wie bi-koren 'versuchen'?

256 sife schw. M. bedeutet nach Schade, Ad. Wb.² II 760 'feuchte, sumpfige, von abfliefsendem Quellwasser durchzogene Bodenstelle oder langsam fliefsender, sumpfartiger Bach', ferner 'Ort wo Erz gewaschen worden ist und die so entstandene Schlucht'. Erstere Bedeutung ist an unserer Stelle anzunehmen. Minder treffend erklären Lexer II 912 und Weinhold, Beiträge zu einem schles. Wb. S. 89ᵇ das Wort, letzterer unter Beziehung auch auf unsere Stelle. Im übrigen ist für sein Fortleben im Nhd. am besten auf Weinhold zu verweisen.

257 'er wird nicht als Erbe hinterlassen, er erbt sich nicht fort, dauert nicht an'. Wegen erven vgl. noch V 585.

260 'das ist einmal seine Natur.'

268 virkrien lässt sich nicht weiter belegen. Ist das Wort richtig, so muss es in der Tat die von W. Grimm angesetzte Bedeutung 'durch Zuruf abschrecken' haben.

276 wenn die Lüge als eine Todsünde bezeichnet wird, so kann sie nur mit einer andern solchen auf gleiche Stufe gestellt werden. Diese Erwägung führte Roediger auf die im Texte gegebene Vermutung, an der ich nur der lautlichen Form nach beteiligt bin.

283 nämlich des Hochmütigen, des Lügners und des Mörders.

303 lenimunt ist schon von Pfeiffer als das mlat. lintheamentum erkannt worden, welches G. van Schueren im Theutonista S. 156ᵃ mit 'lynen laken' übersetzt. Bei Du Cange V 119ᵃ ist freilich nur linthe(i)amen 'linum, pannus lineus' belegt. Die von Sprenger vorgeschlagene Lesung in sinir drůch als 'in seinem Sarge' ist der Form nach unmöglich, wenn sie auch einen passenden Sinn gibt.

[316 f. eine halb sprichwörtliche Wendung. Die Stühle sind die im Himmel für die Seeligen aufgestellten, die oft genug erwähnt werden. Auf ihnen findet er keinen Platz, sondern muss unter die Dachtraufe gehen (druppe = mhd. trüpfe), an eine unbequeme und verachtete Stelle. Zur Wahl des Ausdrucks hat wol beigetragen, dass die Leichen von Missachteten oder Verbrechern unter der Traufe des Kirchendaches begraben wurden, Köppen bei Woeste, Westfäl. Wb. 60 unter drüppelfall. Vgl. noch wâr 'n drüp (Traufe) sit, hœft (braucht) gên körrel to sitten, Ostfries. Wb. 1, 347ᵇ. 2,93ᵃ. Roediger.]

324 '*Nachwoltaten*' *sind Seelenmessen, Schenkungen udgl. zu Gunsten der Verstorbenen. Vgl. Pf und Spr zu 39,25.*
329—332 gehören wol einem der Schreiber an.
333. 336 ist wazzirsutige *für* masilsutige *mit Spr gesetzt worden, da zu dem Vergleich des Habsüchtigen mit einem Aussätzigen die Begierde nach Trank 336 nicht passt und dieser Vergleich auch nicht weiter zu belegen ist.*
367 f. vgl. 38.
387 di namen drî = driveldicheit, *daher auch als Sing. construiert 389. Auffällig aber ist dabei* he *statt* si. *Der Dichter dachte schon an den hl. Geist.* di namen dri *als Sing. auch Diemer 330,1.*
394 invengen onphengen *mnd. mhd. 'entzünden'.*
[397 ff. Pfeiffer suchte den Fehler, der in diesen Worten stecken sollte, weil das Feuer aus 401 nicht genannt wird, in 398 und schrieb dat is ein vûr dem al de werelt gitrûwit, want iz joch nieman bitrôvit. *Aber das Feuer darf auch später erst genannt werden und der Dichter zunächst allgemein fragen 'was ist denn das, was darin haust?' (Es ist die Eigenschaft,) dass das Herz (iz) aller Welt Vertrauen schenkt', weil es eben weder Feindseligkeit* (nit) *noch Hass kennt (396). Und es darf aller Welt vertrauen, weil es niemand betrübt noch kränkt und nichts Gottloses tut, also auch keine Feinde zu fürchten braucht. Roediger.]*
Trotz dieser Erläuterung ist mir Pfeiffers Textgestaltung weitaus wahrscheinlicher. Nicht das Herz darf der Welt vertrauen, weil es seinerseits auch friedfertig ist, sondern die Welt dem eigentümlichen Feuer, welches nicht wie jedes andere Schaden stiftet.
[405 sich braucht man vielleicht nicht in *dich zu ändern, weil* barmherzich widir sich selven *als ein fester, unveränderlicher Begriff behandelt sein kann. Vgl. Gr. 1V 319 f. Man beachte auch den falsch gebildeten Imp. Roediger.]*
418 ff. 'weifs ich nicht zu erklären, habe auch den acht Kräften oder Eigenschaften der Sonne vergeblich nachgespürt, namentlich in Mignes Patrologie. Unter diesen Umständen Vermutungen zum Text aufzustellen, verspricht wenig Erfolg. G^1 schlägt vor der und* nuwit *oder* niwit, *Spr de sin numet (=* niuwan) *wan* oine bât. *Vielleicht führen einmal spätere Mystiker auf das Richtige. Da übrigens die Form* gât *nur hier belegt ist gegenüber sonstigem festen* geit *und die Verse 419. 20 entbehrlich, ja fast störend sind, so ist in ihnen vielleicht nur eine Schreiberglosse zu erblicken. [Bei Konrad von Megenberg S. 58 ff. kommen 15* aigenchait *der Sonne vor, die auf Maria gedeutet werden. Roediger.]*

IV. Christliche Lehre.

1 diese Deutung findet sich schon bei Rufinus und ist seitdem sehr verbreitet.
48 ff. verstehe ich nicht.
54 iz *ist vielleicht besser zu tilgen.*

IV. Christliche Lehre.

[65 ff. wenn die Zeilen nicht verderbt sind, könnte man sie etwa erklären 'keiner von ihnen kann dem anderen etwas nützen. Deshalb vermag keiner von ihnen davon (von seinem Irrglauben und seiner Verstocktheit) los zu kommen, sodass je etwas Gutes aus ihm würde. Sie befinden sich in einem kläglichen Kampfe' (eben mit ihrer Verstocktheit). Roediger.] G^1 schlug in 67 vor dat he, Pf dat der judischeit, in 68 dit sint vil jêmirliche krie. Auf krîge kann beim WM. nur ein gleiches î = mhd. ie reimen. Ich möchte lesen dat dar zû immir judo gidio, dat sint unnutzieliche krîe 'dass ein Jude jemals dazu gelange, lässt sich durch alles Erörtern und Widerlegen wol nicht erreichen'.
79 der Edelsteinschmuck der Pforte ist vorbildlich für die Fülle der Gnade, mit der Maria geschmückt ist. Vgl. V. 84.
97 f. Meine freilich starke Änderung stützt sich auf V. 99. Das Überlieferte wäre mindestens höchst geschraubt und aufserdem ist die Zusammenziehung von magit zu meit für WM. und W., zumal im beweisenden Reime, nicht recht denkbar. Auch in den hannöv. Marienliedern, welche wenigstens achtmal in matdûm und metlich Ausfall des g bieten, erscheinen diese Formen nie im Reime. Überhaupt fällt g nmfrk. verhältnissmäfsig selten aus, wenn auch öfter als smfrk., was sich leicht aus der stärkeren Palatalisierung des intervocalischen g im Nmfrk. erklärt. Vgl. Heinzel, Nfrk. Geschäftsspr. 235. 276 gegen 319 und Herm. Fischer, Zur Gesch. des Mhd. S. 72 f.
128 besser würde man vielleicht noch lesen sal hez vrumin.
148 enthält die Übersetzung von 146.
151 das eine der Hs ist wol eine Vermutung des Schreibers, der an êne dachte.
154 ist virstân geradezu für vrumen gebraucht. Vgl. zu III 93.
166 besser gvinnit statt nimit? Doch vgl. 163.
190 man bemerke das Fehlen des Subjects dat, welches aus dem Object dat in 189 zu entnehmen ist.
209 di wisheit ist Subject, vgl. 218.

V. Di vier schîven.

15 lies nimanne wie 662. Bemerkenswert ist die participiale Bedeutung von unkundich='ungekündet', welche dem Ndd. näher zu stehen scheint, als dem Mhd. Vgl. 662 und Mnd.Wb. I 596^b.
16 Ephes. 3,17.
28 Cant. cantic. 6,10 f.
37 stap bedeutet mhd. gewöhnlich nur 'Schritt', hier aber 'Fufsspur', was sonst durch stapfe bezeichnet wird. Vgl. Mhd.Wb. II 2, 555^b. Ebenso mnd., aber neuostfries. sowol 'Schritt' als 'Spur'. Vgl. Ostfries. Wb. III 300^b.
41 f. davon weifs nur Rupertus Tuitiensis († 1155) in seinem Commentar zu Cant. cantic. 6,11 (Migne, Patrol. CLXVIII 939): 'Christus in

88 Anmerkungen.

se uno . . . coniunxit secundum typum vel similitudinem illius viri [Amminadabs], qui, cum esset de tribu regia, scilicet de tribu Juda, dedit filiam suam in coniugium homini sacerdoti Aaron de tribu Levi . . .'.
63 f. *hier kommt aufser Rup. Tuit. aaO., welcher sagt 'in omnibus [Christus est] spontaneus, sponte incarnatus et natus, sponte passus et in ipsa passione sua ipse sacerdos et ipse hostia sponte factus secundum hoc ipsum nomen Amminadab. Interpretatur enim populi mei spontaneus, auch noch Wolbero abbas Pantaleonis Coloniensis (1147—1167) in Betracht, Comment. in cant. cantic. (Migne, Patrol. CXCV 1121): 'cur autem dico quadrigas Amminadab? nimirum propter quattuor libros evangelii, in quibus praedicantur quattuor sacramenta eiusdem A., qui interpretatur "spantaneus populi mei". quis est autem iste A., nisi Christus, qui sponte posuit animam suam, ut me sibi faceret populum spontaneum deoque acceptibilem?'*
69 ff. *diese ausführlichen Deutungen stehen für sich. Es finden sich nur im allgemeinen Stellen wie Rup. Tuit. aaO. 'quadrigae A. quattuor sunt evangelica sacramenta dilecti, videlicet incarnatio vel divinitas eius, passio eius, resurrectio eius et ascensio eius', ebenso Wolbero aaO. Jedoch sagt Alanus de insulis († 1203) (Migne, Patrol. CCX 96) 'nota quattuor fuisse, per quae Christus venit in virginem Mariam: humilitas, charitas, misericordia, prudentia'. Vorsichtig äufsert sich Godefridus Admontensis (1142—49) (Migne CLXXIV 79) in einer Homilia dominicalis 'in quadrigis sive quattuor cardinales virtutes sive quattuor evangelia non incongrue sunt accipienda'. Die erste Spur finden wir bei Cassiodorius (560—621) (Migne LXX 1093).*
81 ff. *dat für di, weil der Dichter in Gedanken rat für schive einsetzte.*
89 *die Bedeutung von* bigad(d)en = *'auslegen' ist nicht weiter nachweisbar, doch entwickelt sie sich leicht aus der von 'zurecht machen, disponere'.*
90 Ps. 76, 19.
123 vremido *von, wie die Hs hat, ist unbelegbar. Gewöhnlich steht der Dativ der Person, 'es ist ungewöhnlich, seltsam an jemand'. Doch könnte Anlehnung an* verre *von vorliegen.*
133 f. *zum Reime vgl.* 407 f. 431 f. 679 f.
147 ûne list *natürlich eines Mannes.* giburt *ist hier in der concreten Bedeutung 'Nachkommenschaft', also 'Sohn' zu verstehen. Vgl. v. Bahder Germ. 30, 399.*
189 biginnin *'eröffnen, aus einander setzen'.*
202 *Subjectwechsel.*
207 f. *nach Num. Kap. 17. Pfeiffers Ergänzung* de, als he Moiseso gihiez, Aaronis ruden bluwen liez *widerspricht dem Mhd. a) in der Einschachtelung der Sätze, b) in dem nhd. Gebrauche von* lâzen *statt* tuon *und c) der Art unseres Dichters darin, dáss W.* stätt blûwen grünen *oder* spriziu *gesagt hätte*

V. Di vier schiven.

225 trôn *muss hier in astronomischem Sinne* 'Himmelsgewölbe' *bedeuten*, Vgl. Mhd. Wb. III 113b, *auch* V. 233 f.
[230 ff. vgl. die Erörterungen in der Meinauer Naturlehre S. 2 ff. und bei Konrad von Megenberg S. 57 ff. Roediger.]
278 inbûzin *wie* inbinnen *sind vorzüglich* md. *und* ndd. *im Gebrauch*, zB. Marienlieder Zs. X 65,29. 127,17 enbûzen *inde* enhinnen. Vgl. *noch* Roediger Zs. XIX 250 f.
[293 ff. meinen das Spiel Blindekuh oder Blindemaus. Vgl. Zingerle, Das d. Kinderspiel im MA. S. 154. DWb. II 121 f. V 2550. VI 1818 f. spotten = 'spaſsen, scherzen'. Roediger.]
[297 hisch statt hiz? Roediger.]
388 *über den* prasin *vgl.* Schade, Ad. Wb. II 1408. 1424 ff.
390 hantvesto *ist nicht sowol* 'die in die Hand gegebene', *wie* Anz. XI 114 *aufgestellt wird, als die* vermittels *der Hand gegebene Versicherung, nemlich durch Namensunterschrift. Im* Mnd. *der späteren Zeit bedeutet es geradezu* 'Schuldurkunde' (Mnd. Wb. II 202bf.), *und dies wol auch hier*.
394 vurkumptich, *welches für* vorkumph(=f)tich *verschrieben ist (vgl.* sampti I 255), *ist nicht weiter belegbar. Es muss heiſsen* 'im voraus angedeutet'.
400=402 dan avi, dar avi IV 66. V 276. 77, *getrennt nur* dâ avi V 263. 320. 499. 533. dan avi *ist besonders im Rhein. beliebt, wir sollten jedoch die Form* dan af *erwarten. Vgl.* Sievers, Oxforder Benedictinerregel S. 44 zu 2,16. *Dazu besonders Marienlieder* Zs. X dan af 16mal, dan ave : grave 80,36, wan af 72,14. 90,29. 31. 35. bon (=hin) af 110,20. Lachmann, Drei Bruesth. III 95 dan af, 382 hin af, WM. I (128.) 192. 584. hinnaf.
404 in-dere *zu* deren, mhd. tern 'schadén, verletzen'. *Selten, aber sowol mit Dativ als mit Accusativ belegt, vgl.* Lexer II 1427af.
453 girig *als* 'Gier erregend' *ist zwar nicht belegbar, muss aber hier angenommen werden.* Mhd. *ist* girlich *einmal aus Wackernagels Ad. Predigten als* 'begehrenswert' *bei Lexer* I 1021a *belegt. Vgl. auch zu* I 264. W *schlägt vor* gerigenen, *von* rihen.
517 *zu* Gazam| *in Verbindung mit Städtenamen wird* zu *sehr häufig mit dem* lat. Accus. *verbunden, namentlich im* Rother *und in den Marienliedern*.
539=660 *Ellipse eines Zeitwortes der Bewegung, vgl.* II 227. III 30. *Zu beachten ist der* adverb. Compar. *auf* -e, *der 660 widerkehrt. Vgl. auch die adverb.* Superl. verriste 116. rechtiste 271. 665. hôsti 606.
540 inbovin] *die Hinzufügung von* in- *zum* md. boben *scheint besonders* ndd. *zu sein; vgl.* Mnd. Wb. I 659b. cuboven *auch Marienlieder* Zs. X 100,12, 107,10. 110,35. 39. 116,5.
565. 67 sind si *natürlich die Jünger,* **568** *die Engel. Vgl.* Acta ap. 1,10 f.
569 *mit dieser Bescheidenheit drückt sich nur* W. *aus, vgl.* 271. 665, *auch* 87 ff. WM. *sagt kurzweg* dat quid.
575 *die hier nötige Bedeutung von* rûeren 'vorbildlich andeuten' *ist* mhd.

nicht zu belegen. Aber mnd. rôren rûren heifst auch 'mit Worten berühren, erwähnen', Mnd.Wb. II 507b.
580 ff. Reg. II 2,13. Zarncke, Über Muspilli 215.
585 'die hat uns mit einer solchen Erbschaft ausgestattet.'
591-. 620 gehen zurück auf Rhab. Maurus bei Migne, Patrol. CXI 243.
601 die Form nist ist zwar nachgewiesen, doch möchte ich sie nicht in den Text setzen, da 628 die Hs nest hat.
621 ziln 'zeugen' nicht selten, vgl. Lexer III 1115.
634 ff. vgl. Deuteron. 32,11 ff. 'sicut aquila provocans ad volandum pullos suos et super eos volitans expandit alas suas ....'. vlucke, mhd. vlücke (st. F.) heifst also hier 'Fliegen, Flug', eine Bedeutung, die zwar Schade, aber nicht Lexer angibt.
657 gilichen 'gefallen'.
663 ff. Ps. 117,5.
670 ff. virdrach hat hier nicht, wie W. Grimm angibt, die vorzüglich ndd. Bedeutung 'Vertrag, pactum', sondern die ebenso mundartliche 'das Hingehenlassen, die Geduld'. Vgl. Mnd.Wb. V 341b.
676 Isa. 45,22.
684 warnin 'schützen' ist auch mhd. öfter belegt (Lexer III 694), dagegen nicht im Mnd.Wb.

Berichtigungen.

Einleitung S. XVIII Z. 8 lies Südmittelfranken statt smfrk. Dialekt. Z. 28 11 statt 12. S. XIX Z. 3 lies undir statt wundir, Z. 21 220. 251 statt 231. 253 und 323 statt 225. S. XX Z. 9 lies samen statt samin, Z. 20 bei etwa 1200 klingenden Reimparen 17 : 1.4%. In den Tabellen S. XXIII ff. in der zweiten Columne 'nicht untersucht' lies S. XXIII 14 statt 12, S. XXV 16 statt 4, S. XXVI 13 statt 7, S. XXVII 11 statt 9. S. XXXI Z. 12 lies 278 statt 280. S. XXXIV Z. 15 lies 690 statt 688. S. XXXV Z. 12 lies 30 statt 28, 161—167 statt 159—165, 292—293 statt 290—291, Z. 13 100—101 statt 98—99, Z. 25 168 statt 161. Diese bedauerlich vielen Correcturen der Verszahlen wurden durch nachträgliche Änderungen in der Zählung verdächtiger Verse notwendig.

Im Text von I lies V. 27 unde, 65 die, 77 di cursiv, 104 ich cursiv, 120 undi, 173 und, 247 unde, 271 undi, 296 hen statt he in, 299 unde, 311 in den Lesarten ui statt ni, 331 daten, 333 unde, 529 bêz statt bê iz, 599 dî. II 9 lies seatzis, 10 sûchede, 17 im, 108. 110 undi, 201 sûchide. III 232 lies ervin, 276 mûrdêre, 289 in den Lesarten wazzin, 405 inwese. V 14 lies nimanne, 76 in den Lesarten wˢ und 97 inweisch, mit Punkten unter ch. Die Lesarten sind nötigen Falls entsprechend zu ändern.